地獄幽暗 亦無花

路生よる

輕文學
Light Literature

目錄

主要登場人物

小野篁

總是神出鬼沒，身穿平安時代服裝的神祕人物。

遠野青兒

米蟲青年，可以一眼看出別人的罪行。

西條皓

為煩惱的人們
提供諮詢的神祕美少年。

紅子

眼睛宛如黑色玻璃的
神祕少女。

凜堂棘

聲名遠播的厲害偵探，
被稱為「招來死神的偵探」。

究竟是案件引來了他們，還是他們引來了案件呢——

第一怪◆青坊主

這世上說不定有鬼在笑著。

*

他的人生過得非常可恥。

遠野青兒到二十二歲為止的這段生涯，就算說是丟人現眼的經歷也不為過。他出生在漁夫家庭卻始終無法克服暈船，還是在二十五公尺的泳池裡也會溺水的重度旱鴨子，只能說他打從一生下來就有某些問題吧。

此外，他現在跟米蟲沒有兩樣，是個無工作、無學籍又無處棲身的三無青年。

如今，他的住所既不是位於神奈川縣海港小鎮的老家，也不是求學時在東京租賃的清貧學生小雅房，而是網咖。

對一般人而言，網咖是用來休息或打發時間、一天頂多只去幾個小時的地方，但他不管到哪裡都睡在網咖。

迄今為止，他這種墮落的網咖生活已經過了兩週。

這一帶的網咖行情是十二小時一千九百八十日圓，如果半夜才進去，幾乎可以待到隔天中午。網咖的躺椅用來看看漫畫、喝喝果汁還沒問題，但是用來睡覺絕對稱不上舒服，他只睡了五天，腰部的骨頭就僵硬得開始發出可怕的吱軋聲。

拜此所賜，青兒陷入慢性睡眠不足的狀態，原本就不甚靈活的腦袋最近更是一直處於當機狀態。他本來就很難入睡，如果身邊有個大叔在打鼾，恐怕只有勒死他才能讓他安眠。

情況嚴重的時候，他要到凌晨五點左右才會有點睏意，所以，他也有過好幾次因為睡過頭而哭著付加時費用的經驗。

至於白天的生活，他倒是什麼都不做。

要嘛是在便利商店看免費的書，要嘛是去給街頭歌手捧場兼打分數，總之就是想辦法耗時間。到了晚上，他的腳會痠痛到快要不能走路。這並不是為了上班或打工而辛勞奔波，如果跟人說「整天都在打發時間真是累死人了」，十之八九會被狠狠教訓一頓吧。

直到去年為止，他的身分都還是大學生，但他從不參加聯誼或社團這些一般人很熟悉的活動，後來又因面試時的高壓打擊而閉門不出，結果，他連大學最後一項活動——求職——都荒廢了。

待業中的人在社會上並不罕見，可惜青兒父母的心胸和錢包都沒有寬大到可以容許他無止境地待業下去。不只如此，若是讓他們知道青兒的現況，搞不好會把他碎屍萬段丟到海裡餵魚。

唉，一聲不為人知的嘆息被白色的馬桶默默地吸收了。

這裡是站前便利商店的廁所，他剛上完廁所，正要拿起牙刷刷牙時，無意間瞥了鏡子一眼，頓時嚇得全身繃緊。

鏡中雙眼無神看著他的男人，掛著一副將死之人的面容。

「唔！」

他好不容易把正要衝出口的慘叫吞回去，但心臟還是撲通跳個不停。

泛黃而混濁的白眼珠、沒有焦點的黑眼珠，那張無處不透露著淒慘的臉龐始終在他的腦中揮之不去。

青兒一直很害怕看鏡子，就連街上的櫥窗玻璃也一樣，因此養成駝著背、盯著腳尖走路的習慣。如今他怕鏡子怕到無法盯著鏡子一秒鐘，讓原本已經很閉塞的生活過得更加封閉。

「唉，真慘。」

他嘆著氣，不看鏡子刷完了牙，走出廁所。

為了頻頻喊餓的胃腸，他拿起打折的飯糰走向櫃檯。結帳後，他正把幾個零錢塞進上衣口袋時，店員從櫃檯裡遞出一個他從未見過的箱子。

「這～是籤筒，請抽一根～籤～」

他在店員拖長聲音的要求下抽出一張籤紙。

「咦？」

店員接過去一看，滿臉都是震驚和狐疑，然後迅速折起紙片，塞到青兒的手中，像是要推開什麼髒東西似地。

「謝謝惠顧～」

店員詭異的反應讓青兒疑惑地歪著頭走出自動門。抬頭一看，西方天空布滿如火焰般豔紅的夕陽餘暉，這是被稱為「逢魔時刻」的黃昏時分。

青兒想起手中的籤紙，打開一看，上面寫著意想不到的兩個字。

『地獄。』

他不禁愕然。竟然還有比「大凶」更糟糕的籤？意思是不幸的深淵嗎？

這張紙或許是某人惡作劇丟進籤筒的，只是剛好被他抽到。真是不走運。不過等在他前方的確實是地獄。

身上的錢快要花光了。他沒有收入，光是支出，錢包當然遲早要見底。

如今他的錢根本不夠讓他在網咖泡一晚。雖然還是可以去麥當勞，忍受店員的側目，用上課打瞌睡的姿勢屈就一晚，但這畢竟不是長久之計。再這樣下去，他就要正式走入流浪漢的生活。萬事皆休、一籌莫展、走投無路、前途無亮……最近他的腦袋裡總是盤據著這些字眼。

對了，聽說前面的公園在冬天好像會提供便當給無家可歸的人。雖然不知是不是每天都有，但既然有免費的飯可以吃，不如過去看看吧。

青兒漫不經心地思考著，正要往那方向走去時……

喀噠。

他聽見類似木屐的聲音。

「……咦？」

轉頭一看，那是只有一隻眼睛的和尚。下一秒鐘，那個穿著藍色衣服——好像是叫僧袍吧——的怪物，骨碌碌地轉動僅有的一隻眼睛凝視著青兒。

『要不要上吊啊？』

不知為何他竟讀懂了怪物的唇語，緊接著，怪物的手長長地伸出，眼看就要抓向他的頭。

他失聲驚叫，急忙退避，結果腳下絆了一跤，撞到背後的路人。

「混帳！小心點！」

穿著工作服的大叔罵道，他趕緊撿起掉在地上的隨身行李。其實他的行李只有裝著衣服的肩掛包和塑膠雨傘這兩件東西。

接著，他看見了。

有一位打扮端莊的女性，穿著看起來很昂貴的長外套，拿著名牌包，踩著細跟的高跟鞋，看起來像個年輕的貴婦。她用警戒的眼神瞪著青兒，似乎把他當成醉漢。

青兒立刻發現她就是剛才那隻獨眼怪物，嚇得拔腿就跑。

……又來了。

他的老毛病又犯了。

對青兒而言，這就像是治不好的宿疾。

他以前也曾經把人看成怪物。

譬如小學的時候，青兒通學的路上住著一位大叔，被大家稱為「糖果叔叔」。青兒放學回家經過他家門口，他都會笑嘻嘻地給青兒糖果。

天生貪小便宜的青兒經常去找糖果叔叔，但某天之後就再也不去了，因為糖果叔叔那張福態的圓臉突然變得像隻醜陋的怪物。

那是一隻頂上無毛、嘴巴裂到耳邊、渾身長毛的猿猴，牠把雙肘靠在腹側，如同公雞搧翅似地擺動，用溫柔甜膩的聲音說：

「來得好，叔叔今天也準備了很多糖果喔。」

不用說，青兒當然用最快的速度衝回家。

隔天，鎮外的灌溉渠道裡出現同學的屍體。起初大家以為那孩子是意外淹死的，但後來有人流傳那是變態凶手所為，最後糖果叔叔遭到逮捕。他誘拐了一個經過他家的孩子，把孩子溺死在灌溉渠道中。青兒最後一次去找糖果叔叔的日子，就是同學死亡的那一天。

他又看見怪物是在四年後的正月。

「過來，小青，伯母給你壓歲錢。」

伯母伸出的手臂竟然長滿眼睛，每隻都巴巴地眨著。青兒雖然驚恐，但仍不顧一切地拿了壓歲錢，致謝之後才逃出去。

他後來聽說伯母長久以來都有偷竊的毛病，最近甚至偷了其他學生家長的名牌包，拿到網路上去賣，結果警察當然找上門了。她一開始只是在超市順手牽羊，後來越陷越深，目前正在和丈夫協議離婚。

總歸一句，青兒的眼睛似乎會把犯罪的人看成怪物。既然如此，只要我不犯人，人也不會犯我，所以他下定決心，一旦看見那種人就立刻逃開。

這個世上盡是隱藏了真面目的怪物。

「奇怪？」

他突然感到不對勁，戛然停下腳步。

這是哪裡？

他不知何時走到一個從未見過的地方。

四處張望也看不到標示著路名或地址的牌子，只見一道漆黑圍牆綿延不絕地往前後兩方延伸。路旁的住家都靜悄悄的，路上也看不到行人，甚至聽不到狗吠鴉鳴，說不定連風聲都沒有。

如此徹底的寂靜，讓他覺得彷彿來到另一個世界。

「……真可怕。」

他喃喃自語。怎麼辦？他真的開始害怕了。雖然想要找個人問路，卻不知為何連民宅的門牌都找不到。

「哎呀？」

他突然發現道路前方有個爬滿常春藤的隧道。

靠近一看，隧道旁邊立著一塊牌子，上面寫著「請往前走」，還有一個箭頭指著隧道。

「什麼玩意兒？」

難道是咖啡廳嗎？青兒現在連一杯咖啡都買不起，不過問路應該不用收錢吧。

他迫不及待地走進隧道，出口前方矗立著一尊綠色巨人……不對，那是一棵高度超過十公尺的巨大白花八角。

青兒住在鄉下老家時曾聽過，這種樹的果實含有劇毒，所以又稱為「邪惡果」。

自參天的枝枒間灑落暗紅色的陽光，樹蔭之下座落著一棟洋房。

「咦？」

那不是洋房造型的咖啡廳，看樣子絕對是昭和時代之前的建築物，搞不好還是文化遺產。

青兒懷著陷入幻覺般的心境走進敞開的正門，經過鋪著紅磚的走道，來到嵌著彩色玻璃的門前。其中一扇門扉誘人入內似地敞開，門上還貼著一張紙，寫著「請入內」。

這幅情景令他不禁聯想到宮澤賢治的《要求特別多的餐廳》。

「不好意思，打擾了。」

他像隻膽小的烏龜，把頭探進門內察看。

「歡迎。」

青兒被突然傳來的聲音嚇一跳，然後發現一位穿著和服的少女，站在有著曲折階梯的大廳中。

她大概十七、八歲，穿著深紅和服，綁著黑色腰帶。紅如紅丹，黑似烏漆。一頭烏黑的齊肩半長髮也很適合這身造型。

「你是第二十三位客人。請讓我來為你帶路。」

「唔！」

讓青兒倒吸一口氣的理由是她的眼睛。她的黑眼珠大到嚇人，完全看不到眼白，看起來就像眼窩裡嵌著兩顆黑色玻璃珠。

「那個……」

少女說完便轉身走開，讓青兒說不出自己只是迷路而無意間來到這裡。

「嗯？」

他沿著往右延伸的走廊前進，看見突出的窗台上有一個金魚缽。

魚鱗是深紅色，尾鰭狀如蝶翼，邊緣是黑色的。這是蝶尾金魚，青兒小時候在水族店門口貼著「最高級品」標籤的水槽裡看過。

（咦？對耶……）

這隻金魚無論是全黑的眼珠或身上的色彩，都和前方那位少女非常相似。

「我是紅子，帶客人來了。」

青兒吃驚地抬頭，看見少女站在走廊底端敲門。

「啊，那個，其實……」

再不說的話就沒有機會了。

青兒正焦急地想找個藉口開溜，但少女轉過頭來，用一雙烏黑大眼睛盯著他，他就什麼都說不出來了。少女突然後退一步，朝他鞠躬。

「我只能帶你到這裡，請進吧。」

怎麼辦？看這個情況，他大概沒辦法臨陣脫逃。

青兒壓抑著想哭的心情，伸手抓住門把。

在裡面的會是誰呢？青兒原本以為會是個不好相處的老紳士，但是一打開門，就發現自己猜得不對。

「咦？」

室內的布置看起來像是書房。

右邊牆壁是一整面高達天花板的書櫃，正前方是幾乎占據整面牆的落地窗，從天花板垂落的厚重窗簾有點類似舞台上的布幔。

房間中央鋪著波斯地毯，上面擺著一張貓腳桌，椅子的椅背有著植物般的曲線，這種家具風格似乎稱之為「安妮女王式」。

坐在那張椅子上的就是這間屋子的主人。

（小孩？）

那是個黑頭髮黑眼睛的少年，看外表頂多只有十五、六歲。他和幫青兒帶路的少女一樣穿著和服，從上到下都是接近純白的淺墨色，一片暈染的白牡丹從肩膀綻放至下襬。

這位少年美得令人心驚，而且肌膚白皙勝雪，彷彿他也是一朵牡丹花。

——百花之王。

「我正在等你，請坐吧。」

他的聲音聽起來和年齡一樣稚嫩，但措辭很成熟。

青兒依言坐下，至此才回過神來。

「啊，那個，其實……嗯？」

喉嚨像是噎住了，沒辦法順利發出聲音。

該不會是聲帶退化了吧？現在想想，在網咖結帳時他從不開口，要喝飲料時只要去飲料吧按個按鈕就好，不使用的器官退化了也是天經地義的事。

少年對慌張的青兒露出天使般的微笑。

「初次見面，我叫西條皓。」

「咳……你、你好。呃，我叫遠野青兒。那個……」

「你一定是迷路了吧？沒關係，我等一下會畫一張地圖給你。要不要先喝杯茶？」

「呃？」

少年似乎在邀請他加入稍遲的下午茶。

「這一帶經常有人迷路呢。正好我剛看完書閒著沒事做，請你一定要賞臉。」

青兒看到少年手邊放著一本皮革封面的外文書。他該不會整本都看完了吧？說不定他只是外表年輕，實際年齡還要更大。

「這、這個嘛，我還有事……」

雖然青兒難得受到邀請，但他不太想和第一次見面的陌生人同桌共飲。他正想開口拒絕，肚子卻咕嚕咕嚕地叫了起來。

彷彿看準這個時機，一張附車輪的桌子被推了進來。推來桌子的就是剛才那位自稱紅子的少女。青兒望過去，看見桌上擺著一壺散發高級香味的紅茶，還有剛烤好的蘋果派。

再怎麼樣也不能不顧肚子，所以青兒還是接受邀請，拿起叉子。

用糖水煮過的蘋果溫和的酸味和酥脆派皮的口感立刻充滿他的口中，扎實果肉的飽足感令他的胃袋幾乎要喜極而泣。

青兒忍不住又拿起第二塊，卻聽見對面傳來輕笑聲。

「啊，不好意思，我還是第一次看到有人在這種時候再吃一塊。」

青兒突然驚覺。

「那個，這裡該不會是餐廳吧？」

此時，他的胃裡已經裝了兩塊蘋果派，如果對方要求他付錢，他就只能選擇吃霸王餐了。

「喔，不是。我不是開餐飲店的，我做的是××代客服務。」

「什麼？」

糟糕，沒聽清楚，但是青兒的溝通技巧沒有高明到能若無其事地再問一次。

「最近常聽到代客服務呢，像是代客駕駛或代客做家事之類的。」

「唔……我這裡比較像外包吧。有某個公家機關委託我們協助某項業務。」

「所以是公共服務囉？」

「嗯，應該吧。我對所有人都提供同等服務，即使是對政治家或大富翁也一樣，說起來差不多等於是公共服務。」

「……啊？」

他這話說得非常迂迴，究竟是什麼工作？

「嗯，你就把我這裡當作是免費的煩惱諮詢中心吧，以時下流行的說法就是顧問。」

「喔，煩惱諮詢啊……」

桌上白瓷茶杯裡的溫熱紅茶搖曳著。青兒突然瞥見杯中的水面，急忙轉開視線。對耶，水面也是鏡子。

「唔，那你就當作我是在說笑，姑且聽聽看吧。」

青兒以這句話為開場白，揭露自己眼睛的祕密，包括他有時會把別人看成怪物，以及糖果叔叔和小偷伯母的事。這些事聽起來比夢話更離譜，但皓還是頻頻點頭，聽得很認真。

反正以後不會再來這間店了——青兒抱著這種想法，毫無顧忌地說出事實。

「我可能知道那些怪物的真面目喔。」

皓的回答完全出乎青兒的意料。

「咦！真、真的嗎？」

皓隨即起身走到書櫃前，拿出一本書。似乎是大開本的畫冊。

「這是江戶時代的畫家鳥山石燕畫的妖怪圖冊，裡面收錄了《畫圖百鬼夜行》和它的續集《今昔畫圖續百鬼》，不過這是復刻本。」

白皙的手指翻開書頁。

書中畫了形形色色的怪物，旁邊還附上名稱和解釋，與其說是畫冊，其實更像是圖鑑。那些充滿躍動感的線條看起來並不恐怖，反而讓人覺得有些幽默……不過青兒的審美眼光本來就跟瞎子沒兩樣。

「好了，進入主題吧。請看這幅畫。」

「啊！」

青兒驚訝得說不出話。

皓指著一隻長相滑稽的光頭妖怪，牠擺出像公雞一樣的姿勢，張開血盆大口笑著──和糖果叔叔一模一樣。

寫在旁邊的名字是……

「兵主部？」

「這是和河童同類的妖怪，外型是全身長毛的和尚，看起來像一隻長臂猿。牠雖然長相可笑，但是和河童一樣會把經過水邊的小孩拖進水中，挖出肛門裡面的尻子玉，令他們淹死。」

嗯？把小孩拖進水中淹死？

似曾相識的情節，讓青兒不禁疑惑地歪頭。皓又繼續翻頁，接下來出現的是雙臂長滿眼睛的女人，名叫百百目鬼，和他看過的伯母很像。

「如你所見，這是雙臂上長滿鳥目的女妖怪。古時候中間有孔的那種錢幣叫『鳥目』，所以這指的是經常偷錢而使得雙手長滿鳥目的女竊賊。」

這不就是伯母的情況嗎？

把小孩淹死在灌溉渠道的男人變成兵主部，因偷竊癖而離婚的伯母變成百百目鬼，這麼說來……

「你的眼睛有一種特別的能力，可以看穿別人隱藏的罪行，並且將其轉化成妖怪的形象。」

皓斬釘截鐵地說道。

「有學者指出，妖怪象徵人心之中的惡念，諸如埋怨、憎恨、嫉妒，所以妖怪或許就是反映出世間邪惡的鏡子。」

這話聽起來很有深意，但青兒只是一知半解。他愣愣地「喔」了一聲，皓輕輕地笑著說道：

「其實你也跟妖怪一樣。」

「為、為、為什麼？」

他驚愕得聲音都拔尖了。

見青兒如此慌張，皓又笑出來。

「書中有一種和你很像的妖怪。」

皓翻到另一頁，上頭畫的是面貌凶惡的麵包超人。不，不對，那應該是有著人臉的圓鏡，看來也是妖怪的一種。旁邊寫的名字是雲外鏡。

「在所有器物之靈裡面最古老的就是鏡靈。雲外鏡也是一種鏡靈，這是能揭穿妖魔真面目和人類惡行的魔鏡——照妖鏡——的妖怪形象。」

「鏡子嗎……」

青兒正要發問，突然想起一段回憶。

好像是在他五歲的時候，有一次他獨自在公園裡玩耍，突然有閃亮亮的鏡子碎片從天而降。照理來說他應該要逃開，但他那時只是懵懂無知的五歲小孩。

他沒有看過這麼漂亮的東西，忍不住伸手去抓，還睜大眼睛注視著光芒落下的軌跡。

接下來，一塊碎片掉入他的左眼……

「啊！」

對了，當時他感覺眼睛很痛，但他哭著跑回家之後，父母在他身上卻找不到半點傷痕，還罵他「大驚小怪」並揍了他一頓，因此他以為自己只是作了白日夢。

「喔喔，那塊碎片應該就是照妖鏡吧。」

仔細想想，他是在那之後才開始看見怪物，這麼說來，那或許真的是照妖鏡，不過……

「怎、怎麼可能嘛，這太不現實了。」

「呵呵，就算你不同意，但你的左眼擁有奇特能力仍是不爭的事實。你沒有想過要好好運用這種能力嗎？」

少年興奮地問道，一副置身事外的樣子。

「要怎麼運用啊？」

最能有效運用這種能力的方法應該是去當警察吧，因為他只要看一眼就能揪出凶手，不過青兒完全不具備當公僕的能耐。

不當警察也無妨，反正當老百姓就可以報警，但若打電話到警察局說：「喂喂？我知道某某人做了什麼壞事。」被問到理由時卻回答「因為我看得到妖怪」，警察一定會露出同情的眼神建議他趕緊就醫。

如果求職時在履歷表上的「專長、興趣」一欄寫著「能一眼看穿別人的罪行」，連面試官都會為他祈禱吧。

「唔，我看這樣吧，你要不要先試著打工看看呢？」

「啊？」

「你只要幫我觀察走進這屋子的客人，再告訴我你看到什麼就好。很簡單吧？」

他說得很爽快，但事情真的這麼簡單嗎？

「呃，可是……」

「當然也包吃包住，除了溫暖的床鋪和三餐之外，還提供零用錢。你做了多少工作，我都會如實付給你工資。」

「等、等一下！」

青兒忍不住喊停。

少年不解地歪頭問道：「怎麼了？」

「為什麼我還得住進來？」

「喔喔，你說這件事啊。因為你最近好像都住在網咖，所以我覺得提供住宿比較好。」

「你、你怎麼知道？」

青兒聽到皓說中自己的情況大感震驚，指著他問道。

「看傘就知道了。最近一次下雨是五天前，今天天氣這麼好，你卻帶著雨傘，可以想見你並沒有放雨傘的地方，所以一定是經常換地方住，或是根本沒地方住。」

「呃！」

「再來是你背的包包。包包旁邊的口袋插著礦泉水瓶子，瓶子已經開過，裡面裝的卻是柳橙汁。很少有人特地用礦泉水瓶子裝柳橙汁，所以你應該是隨身攜帶空瓶，用來裝飲料吧的飲料。」

「嗚！」

「除此之外，你上衣的右邊口袋露出手機吊飾。既然把手機放在方便拿取的位置，那手機一定還能用，也就是說你的通話還沒被停，而且有地方充電。」

皓說到這裡停了下來，對青兒燦然一笑。

「所以，最有可能的情況是離流浪漢生活只差一步的網咖生活。你看起來才剛開始過這種生活沒多久，頂多就兩週吧。」

「什、什、什……」

除了愕然還是愕然。

青兒的嘴巴像缺氧的金魚一張一闔。

「如果讓你覺得不舒服真是抱歉，但我就是這樣。」

皓若無其事地說完，又喝起第二杯茶。

他這番話說得很客氣，但看他的神情顯然不覺得自己哪裡不對。這傢伙到底是怎麼回事？不，青兒或許更該抱怨自己為什麼淺薄得連第一次見面的人都能輕易看穿他的底細。

「喔，下一位客人這麼快就來啦。」

青兒急忙轉頭，發現那人的身影非常眼熟。

「哇！」

他忍不住驚叫。

竟然是他剛才在便利商店前看到的女人。那位年輕貴婦名流般的姿態，和這間書房的氣氛非常相襯。

轉瞬之間，女人突然變成身穿藍色僧袍的獨眼和尚，但很快又變回來。

「啊……」

她似乎也認出了青兒。

「請問這位是？」

「喔，這是我的助手遠野青兒，妳可以把他當成擺飾之類的東西。」

這種說法是不是太過分了？

總而言之，類似青兒剛才和皓的對話又重新上演一遍，多了一位客人的下午茶再次展開。

搞不好這位少年根本是個搭訕高手。

「煩惱啊……」

皓和剛才一樣說明自己的工作「類似煩惱諮詢」，名叫乙瀨沙月的女人便露出興致盎然的表情。

「可以諮詢哪些事呢？」

「五花八門，什麼都行，再小的事情也無所謂。就算只是哽住喉嚨的小魚刺，不拔出來還是會一直痛下去的。」

「這樣啊，那我就問吧，也不是什麼大不了的事啦。」

沙月的開場白說得十分含蓄。

「我經營了一個部落格，叫做『獻上滿天星的花束』。」

聽起來很耳熟，鐵定是在模仿《獻給阿爾吉儂的花束》。

「內容都是食譜或日記，但是自從有雜誌來採訪之後，訪客人數突然暴增，收到了很多來信和留言，這些意見多半是善意的，只有一個例外。」

她以左手遞出手機，手指上的結婚鑽戒閃閃發亮。

手機螢幕顯示出電子信箱的收件匣。她點開一封郵件，標題和內容都是空白的，只有附上一張圖檔。

圖檔一打開，皓就發出「喔？」的聲音。

「這還真奇怪。」

「哇，的確很怪。」

青兒在一旁附和說道，整張臉都皺起來。

『要不要上吊？』

圖片裡只有這一行字。

這句話潦草地寫在活頁紙上，大概是用數位相機或手機拍下來的。光是這樣就很可怕了，更奇怪的是……

「這是鏡射文字呢。」

潦草的字跡上下正常，左右卻是相反的，映在鏡子裡鐵定比較好讀。

「我覺得很不舒服，立刻封鎖那個郵件信箱，但對方又用其他信箱寄信過來，我只好一個接一個封鎖。」

沙月輕輕嘆著氣。青兒重新打量她，發現她的眼睛下方有疑似睡眠不足造成的黑眼圈，感覺有些憔悴。

「妳有想到可能是誰寄的嗎？」

「完全想不出來。」

沙月用力眨眨眼睛，如此回答。

「妳回信了嗎？」

「我根本不理會。這種惡作劇的人若是看到對方有反應，一定會變本加厲。」

「明智的決定。妳有報警嗎？」

「沒有，還沒。這個部落格只是寫好玩的，我又沒有受到實際損害，所以不想隨便報警。我更不希望把事情鬧大，以致必須關閉部落格。」

「原來如此。妳不想關閉部落格嗎？」

「是啊，那裡有很多人和我相處得很愉快，還有粉絲每天都會來看。」

別說是部落格，青兒就連 Line 和 Twitter 這些社交媒體都沒在接觸，但他多少可以理解這種心態。

話雖如此……

就算收到這種詭異的信，也不太可能立刻有性命之憂，但若是惡作劇，那句話未免太嚇人了。

皓突然拉拉青兒的袖子。

青兒用眼神詢問：「幹嘛？」皓便遞來一本書，那是剛才看過的妖怪畫冊。青兒又問：「是要我放回書櫃嗎？」皓苦笑著回答「不是啦」，然後他翻到目錄，手指在書上敲了敲，青兒這才理解他的意思，開始在書中翻找。

果然有。

他把翻開的書遞給皓。那頁畫著獨眼和尚站在老舊的草庵前，旁邊寫的名字是「青坊主」。

「原來如此，我明白了。」

「啊？」

聽到皓的自言自語，沙月露出疑惑的表情。

「我再問妳一次，妳真的想不到誰會寄這種信給妳嗎？」

皓再一次確認似地問道，沙月不自然地用力眨了眨眼睛。

「我想不到。」

她搖著頭簡短地回答。這反應真是令人難以信服。

沙月尷尬地轉開視線說：

「那個，我有一件事還沒說。」

「什麼事？」

「其實我最近四個月都沒再收到信了。」

這還真是令人錯愕。

仔細問過才知道，一開始不出三天就會收到信，後來卻突然停下來。

這樣事情不是已經解決了嗎？至少表面上已平安無事。

「是啊，我也是這麼想的，但心裡不知為何還是很不安，總覺得放著不管遲早會遭到不幸，說不定會發生什麼無法挽回的事。」

沙月一臉憂慮地說完，又露出自嘲的苦笑。

「這樣很奇怪吧？我自己也覺得一點道理都沒有，說不定只是因為第一次懷孕才會感到不安。」

聽到這句話，皓驚訝地眨了眨眼睛。

「喔？妳的肚子裡有小寶寶了嗎？」

「是啊，懷孕五個月了，今天本來是要去看婦產科。」

她露出柔和的笑容，一隻手輕輕按在腹部，動作比母鳥孵蛋更輕柔。

——看起來真幸福。

（咦？）

青兒突然覺得有些不對勁，但他不知道理由為何。難道只是神經過敏嗎？

「說了這麼莫名其妙的話真是不好意思，但我實在找不到人商量。」

「妳沒跟丈夫談過嗎？」

聽到皓的問題，沙月憂心忡忡地垂下目光。

「我先生最近的樣子很奇怪。」

她只說了這句話，就不知所措地停下來。

「他最近菸抽得越來越凶。我一再跟他說這樣對肚子裡的孩子不好，可是他根本不理我。」

「這真叫人擔心呢。」

「他好像一點都沒有當父親的自覺。或許男人本來就是這樣吧，但我偶爾會覺得他似乎不喜歡我肚子裡的孩子。」

她的丈夫名叫乙瀨凌介，是個剛開始嶄露頭角的平面設計師。

因為工作的緣故，沙月的丈夫熬夜工作是很正常的事，所以剛結婚時夫妻倆就說好，為數不多的假日要兩個人一起度過，出去吃吃飯、逛逛街，但他最近總是一個人出門。

最令她擔心的是丈夫對她腹中孩子的冷漠態度。她找丈夫商量要買怎樣的嬰兒用品時，他都只是淡淡地回答「喔」或「嗯」，更嚴重的時候只是「嘖」了一聲就結束對話。

彷彿把妻子肚裡的孩子當成不祥的怪物。

外遇？青兒止想這麼說，但話還沒出口就吞回去。最好不要給孕婦太多壓力。

「會不會是……」

「會不會是Maternity Blue（產前憂鬱症）？」

「唔，男性應該是Paternity Blue（準爸爸憂鬱症）吧。」

隨便說不熟悉的名詞就是會有這種下場。

「這樣說來，的確應該盡量減少憂慮的事，所以妳才想請皓幫忙找出惡作劇的人啊……」

「不是的，我不打算調查，而是希望息事寧人，免得刺激對方。」

「咦？妳剛才不是說妳很不安嗎？」

「是啊，所以我想問問有沒有方法能讓心情平靜下來。」

真是搞不懂。而且，有這種想法的似乎不只是青兒。

叩，一旁傳來瓷器碰撞聲。

「這樣不是很奇怪嗎？」

皓一面把茶杯放回茶碟上一面問道。

「先生不在家，只有自己一個人，肚子裡還有小寶寶。在這種時候感到不安，應該都會當成是不祥的預感吧？」

「呃，這個……」

「又不知道寄信來的人是誰，說不定那人現在正埋伏在哪裡等妳呢。妳不這麼覺得嗎？」

「不、不好意思，我快來不及了……」

沙月匆匆起身，皓卻一把抓住她的手。

「其實妳知道寄信的人是誰吧？」

「啊？」

「妳根本打從一開始就猜到那個人的身分，就是因為了解情況，所以妳很確定不會受到危害，不是嗎？」

「太失禮了！我怎麼可能知道是誰寄來那種恐嚇信啊！」

沙月氣憤地大喊，皓放開她的手，如同放走一隻掙扎的蝴蝶。

「如果是恐嚇信，那句話似乎不太合理。」

皓歪著頭喃喃說道。

「那句『要不要上吊？』乍看之下類似『去死』、『殺了你』之類的恐嚇，但嚴格說來，應該算是邀請吧。恐嚇是單方面的決定或命令，邀請才會讓對方自己選擇要接受或是拒絕。」

確實是這樣。

「換個角度來看，也可以解釋成：『要不要一起上吊？』如果寄信的是男人，聽起來就像是殉情……」

沙月頓時臉色大變，赫然站起。

「真叫人不愉快，我要走了！」

掛在她肩上的名牌包撞到茶杯。青兒還在暗叫不好，桌上已經出現一灘鮮紅色的汙漬。沙月吃驚地轉過頭來，在極短的一瞬間露出怯懦的表情，但又立刻轉身離開。

「她是怎麼了？」

青兒不理解地歪頭。皓的發言確實稍嫌輕率，但她也沒必要氣成那樣吧？不對，更重要的是……

「青坊主到底是怎樣的妖怪？」

與其自己翻書，還不如問眼前的活字典比較快。青兒懷著這種心思問道，皓歪著頭沉吟說：

「唔，這個嘛……這種妖怪沒辦法用簡單一句話來解釋，各地流傳著不同版本的傳說，但外型同樣是穿著藍色僧袍的和尚。」

「這樣啊。」

「香川縣的民間傳說是這麼說的……」

某天中午，有位少女獨自在家中照顧小嬰兒，青坊主突然現身，問她：「要不要上吊啊？要不要上吊啊？」少女很生氣，沒有理會，結果青坊主就攻擊少女，把她吊了起來。

「這簡直是隨機殺人魔嘛。」

後來是因為嬰兒的哭聲驚動鄰人，才讓少女撿回一條命，不過這妖怪竟會把人吊死，真是太可怕了。說到這個……

「那句『要不要上吊』跟沙月小姐收到的話一模一樣耶。」

「是啊，而且她也跟故事中的少女一樣沒有回應。」

所以沙月也會被吊死嗎？想到這裡，青兒不禁感到背脊發涼，但他突然覺得不對。

「這樣不是很奇怪嗎？從剛才的話聽來，沙月小姐從頭到尾都是受害者耶。」

皓說過，青兒的左眼可以看出別人隱藏的罪惡。如果青坊主這種妖怪代表沙月犯下的罪行，那她就是有罪之人。

「誰知道呢？我只覺得她隱瞞了某些事，或許她隱瞞的就是自己的罪行吧。」

皓說完笑了。那是一種不懷好意的笑容。

「好啦，我有事要麻煩你。」

話剛說完，紅子就推著推車走進來，然後把一台筆記型電腦放到桌上。理所當然是最新型的筆電。

「可以請你幫忙找出沙月小姐的部落格嗎？」

「喔。可是……」

委託人都已經離開，他們應該沒有權利繼續調查吧？

「如果不把事情搞清楚，我就渾身不舒服。我會付工資給你，你覺得時薪兩千日圓如何？」

「那我當然要做。」

青兒立即打開電腦，在搜尋引擎輸入關鍵字，一下子就找到沙月的部落格。

她三天發一篇文章，內容都是「精選全麥麵包做的清爽蔬菜三明治」或「加了香草和番茄的鮮蔬義大利麵」之類的健康食譜，其間偶爾夾雜隨筆風格的日記。

只住了夫妻兩人的市中心高級公寓，鶼鰈情深的合照，北歐風格的摩登家具，歐洲長期旅行……怎麼看都是羨煞旁人的豪門生活。

她的部落格似乎真的很熱門，留言板上寫滿「好一對幸福美滿的夫妻」、「我真嚮往這種生活」之類的善意發言。

但是……

「有些無趣呢。」

皓似乎不太欣賞。

「這些文章看下來，完全看不出她個人的美學或價值觀，好像只是在蒐集一般人認為的『幸福生活』。」

「我也有這種感覺。」

不過這種人不是挺常見的嗎？

「好，我還有另一件事要拜託你。請你調查一下沙月小姐最近有沒有遇到什麼特別的事，尤其是四個月之前。」

「為什麼是四個月之前？」

「因為惡作劇郵件停止和沙月小姐懷孕都是發生在那陣子。」

青兒還是一知半解。他覺得這些都是不相干的事，但也懶得繼續多想，不管怎麼說，這可是時薪兩千日圓的工作。

「啊，找到了。你覺得這個算嗎？」

他在某篇文章裡看到四個月前有一場同學會。正確說來不是寫在文章裡，而是訪客留言。

『期待在明天的同學會跟妳見面，到時再一起唱大學校歌吧，還要喝個痛快！』

這則留言似乎是她的大學同學寫的。姓名欄寫著「鳥邊野佐織」。這是本名嗎？

「請你查一下這個名字。」

「好。啊，找到了……咦？怪談部落格？」

部落格的名稱是「怪談編輯出動！」。

這個人是靈異月刊的寫手，工作內容是採訪靈異事件寫成文章，部落格也刊出徵文啟事，稿件若是錄取還會親自去採訪，真是個勤奮的人。

「這個部落格有點可怕耶。」

連整體風格也頗為陰森。附近一帶似乎也在採訪範圍內，有一篇文章介紹了提供便當給流浪漢的那個公園，說裡面有一間「上吊廁所」。

據說以前有一位無家可歸的老婆婆在公園裡的公共廁所上吊，後來那裡就不斷發生上吊事件。奇怪的是，每件案子都沒有找到遺書，彷彿那些人是被老婆婆的亡靈附身而迷迷糊糊地上吊。

（好恐怖！）

青兒看得心驚膽戰，正要默默關掉網頁時……

「嗯？先等一下。」

皓出聲制止了青兒。

他用格外認真的眼神盯著部落格底端的文章。

「……招來死神的偵探？」

與其說是怪談，這更像是流傳在社群網站裡的都市傳說。

據說市內有一位厲害的私家偵探，他還曾被警察請去凶殺現場查案，後來也順利破案了。

百發百中、快刀斬亂麻，貨真價實的名偵探。

但是，這位偵探破案之後不知為何都會有人死掉，而且每次死的都是被他指為真凶的壞人。

（咦？真奇怪……）

網路消息本來就不可信，這則傳聞更是誇張，但是看著看著不知為何背脊就冒起一股寒意，青兒訝異地歪著腦袋。

皓突然開口說：

「感覺真不舒服。」

「嗯？你也這麼覺得？的確挺可怕的。」

「不是這樣，我只是想起一個討厭的熟人。」

「……該不會就是那位偵探吧？」

「呵呵，誰知道呢。反正是個讓人不想靠近的傢伙。」

老天保祐、老天保祐——青兒邊在心中祈禱邊關掉網頁。他很想繼續追問，但又覺得問了只會惹來麻煩。

不管怎麼說，任務已經達成。

「辛苦了，你做得很好，接下來就請紅子去跟對方聯繫吧。」

既然如此，一開始就讓紅子來做不是更好嗎？

青兒雖然這麼想，但皓如果打消付薪水的念頭可就不妙，這種時候最好別太多嘴。正所謂言多必失。

「好啦，差不多該吃晚餐了。你喜歡牛嗎？」

「非常喜歡！尤其是做成料理！」

「那就來做壽喜燒吧。」

「牛一定也會很高興的！」

牛肉壽喜燒是無可比擬的美味。如果能被煮得那麼好吃，就算叫青兒下輩子當牛他也甘願。

用過晚餐後，青兒被帶到一間客房，以後他就是住在這裡。在流離失所的時候能得到棲身的地方，真是令他感激涕零。

這間屋子以玄關大廳為界，一邊是日式，一邊是西式，青兒住的是二樓右邊的西式房間，一樓左邊的浴室則是純日式的。泡在溫泉旅館會有的檜木浴池裡，舒服得讓他忍不住發出青蛙被踩扁似的呻吟，好像連魂魄都隨著身上的汙垢溶在水中。

洗完澡出來，他發現脫下的衣服已經被收走，還擺上替換的衣服。

煥然一新。他隔天一早醒來時，當然也是神清氣爽。

「早安，青兒，你今天的髮型亂得很有個性呢。」

「……我是自然捲。」

和昨天一樣，他們在那間像書房的房間裡吃早餐。桌上擺著蛋包和鬆餅這些西式餐點，青兒心曠神怡地吃著熱騰騰的鬆餅。

「住得還舒服嗎？如果有不滿意的地方就儘管說，不用客氣。」

如果青兒是三歲小孩，一定會吵著說「我要當這個家的小孩」，可惜他已經二十二歲，所以只問：「我可以再吃一個鬆餅嗎？」

吃完早餐後……

「對了，青兒，關於沙月小姐的事。」

皓已經聯絡了那位名叫鳥邊野佐織的人，約好在車站前的咖啡廳見面。

「可以的話，我希望你也一起出席。」

「呃，具體說來我該做什麼呢？」

「這個嘛，請你裝作一副什麼都知道的樣子在旁邊點頭，可以嗎？」

好，決定了，他就乖乖當一隻點頭娃娃吧。

三小時以後，由於平時負責開車的紅子今天有其他工作，所以兩人就搭計程車去約定的地點。

這間咖啡廳的主要客群似乎是女性，他們兩個年輕男人坐在這裡——尤其皓是個和服美少年，就算他不願意也很引人注目——感覺四面八方都有視線在看他們。

「我們和鳥邊野小姐有約。」

「喔喔，那位客人在最裡面那桌，我來為你們帶位。」

他們被帶到一張四人桌，桌上已經擺了一杯紅茶。等在那裡的人站起來行了個禮。

「初次見面，我是鳥邊野佐織，你是西條皓吧？」

那是一位紮起長髮、身穿套裝的女性。從她身上完全感受不到那個職稱的恐怖感，看起來只是個認真的粉領族。

她掛著營業用的笑容遞出名片，做了簡單的自我介紹，然後說：

「謝謝你昨天寄信過來，我對你來信提到的親身經歷很感興趣，希望你今天能談得更詳細一點。」

「不好意思，有件事我必須向妳道歉。」

皓向她低頭鞠躬，坦率地說出那封信裡的故事是假的，其實是有事要問她，才用這種方法約她出來。

「呃，這樣啊……」

佐織一臉疑惑地坐下，沉默了好一陣子，像是在思考什麼。

「難怪我一直覺得那封讀者投書寫得太好了，原來是用來釣我的誘餌。」

「真的很抱歉，因為我必須向妳請教一些關於乙瀨沙月小姐的事。」

佐織原先的表情瞬間消失了。

「……沙月怎麼了嗎？」

「請問妳知不知道惡作劇信件的事？」

皓沒頭沒腦地問了這句話，佐織眨了眨眼，像是很意外。

「啊？喔喔，我知道啊。難道你是來調查那件事的？我還以為沙月根本不在乎。」

「喔？是這樣嗎？」

「我覺得她只是想要炫耀，就像在說『我的部落格已經紅到會收到這種信呢』。你想想嘛，有些女生喜歡抱怨被跟蹤狂糾纏，其實只是在炫耀自己很有魅力。」

「說得真刻薄啊。」

但青兒多少可以理解。仔細想想，沙月的部落格裡確實有很多「炫耀幸福」的文章，說不定真是這樣。

「所以你是偵探囉？是沙月僱用你的嗎？」

「不是的。」

「那是其他人囉？是她的老公嗎？」

「這點就任憑猜測了。」

「唷，挺會賣關子的嘛。」

佐織諷刺地挑起一邊眉毛，露出掃興的表情。

話雖如此，她並沒有直接翻臉走人，想必是因為皓儼然一副貴公子的樣子，所以她才有所顧慮。相較之下，青兒老是被人看得比一張衛生紙更輕。

「那妳知道那些惡作劇信件的內容嗎？」

「完全不知道。沙月很少談那些事。」

接著，她聽完皓敘述了細節之後……

「……鏡射文字？」

佐織喃喃複誦著，突然露出想到什麼的神情，但她遲遲不開口，像是很猶豫的樣子。

「那說不定是淳矢。」

她的心裡對寄件人的身分似乎已經有底了。

「他是沙月以前的未婚夫，名叫佐久真淳矢，是我們研討會的同學。」

「為什麼妳認為是他？」

「因為鏡射文字啊。淳矢很會寫鏡射文字，經常在研討會的聚會中表演。我想沙月一定也猜得到是他，只是……」

「只是假裝不知道。原來如此，鏡射文字就像是他的註冊商標吧。」

大概是因為那些信件有可能被交給警察，他不方便署名，所以才用鏡射文字來暗示自己的身分。

「如果妳方便的話，能不能多告訴我一些呢？」

「無所謂啦。不管你去問誰，聽到的事情應該都差不多。」

佐織聳聳肩膀，很爽快地說道。她從皮革托特包裡拿出手機，放在桌上。

「這是研討會合宿活動的照片，是在長野的露營區拍的。」

照片裡的人顯然是「現充」(註1)的標準範本，那是青兒無論如何都進不去的世界。站在中央搭著沙月肩膀的青年應該就是淳矢了，他乍看是個家教優良的帥哥，但不知為何散發一絲寂寥的味道。

「真是個美男子。」

「老實說，暗戀他的女生還不少，但淳矢從高中時代就一直對沙月情有獨鍾。」

「喔？他們從高中就在一起了嗎？」

「是啊，他們讀的是可以住宿的升學學校。沙月和淳矢的家庭都有些問題，或許是因為這樣才會互相吸引吧。」

這兩人看起來很相配，互相依偎的模樣真是幸福得羨煞旁人。不過，青兒有件事很在意……

註1　意指現實生活過得很充實的人。

「他們分手的理由是什麼？」

「說到這件事，真是難以啟齒……」

佐織雖然嘴上這樣說，卻一臉欣喜地探出上半身。

「其實是因為淳矢向沙月動手。」

「喔？真意外。」

「你也覺得他不像是會施暴的人吧？但是大四時卻突然發生了這種事。」

「是不是有什麼原因呢？」

「最直接的原因可能是求職的壓力吧。五月左右，淳矢已經被一間大公司預先錄取了，但他突然決定要讀研究所，沙月也表現出支持的態度，但是聽說淳矢因為考研究所的壓力太大，就把氣出在沙月身上……」

真是太過分了。

「淳矢始終否認這件事。他說自己從小就常常因為父母的不當管教而挨打，所以絕對不會做出同樣的事。其實他會去讀寄宿學校也是因為和父母關係不好，所以一開始大家都只是半信半疑。」

佐織一定也是相信他的人之一，她的表情凝重得像是在忍受過去的傷痛。

「情況之所以改變，是因為沙月有一天臉頰紅腫地跑來我的公寓，說她看到淳矢睡在沙發上，想要把他叫醒，他卻大吼著『吵死了！』動手打了她。」

「太過分了。」

「是啊，沙月的左臉腫起來，還有一道傷痕，她說是被淳矢右手上的銀戒指刮傷的，所以施暴的事一下子變得很可信。」

「淳矢先生怎麼說？」

「他說不記得發生過這種事，因為讀書讀得太累所以倒頭就睡著了。」

青兒突然插嘴說：

「會不會只是睡迷糊了？」

「平時不會施暴的人，就算睡迷糊了也不太可能突然動手打人吧？」

確實有道理。周圍的人們想必也都開始懷疑淳矢。

「沙月小姐也有這樣辛酸的過往啊。」

青兒喃喃說道，語氣非常感慨。每個人都有過去，無論看起來再怎麼順遂，背後還是隱藏著辛酸。不過……

「也不見得喔。」

「啊？」
佐織露出諷刺的笑容，再次遞出手機。
出現在螢幕上的是身穿婚紗的沙月。穿著白西裝靠在她身邊的新郎，是個神情爽朗、體格結實的帥哥。
這個人就是乙瀨凌介嗎？
「沙月跟他好像就是在淳矢開始施暴的那段時期認識的。他是一間大型設計公司的台柱，年收入一千萬圓，去年還獲得被視為新手成功捷徑的新人獎。」
「這樣的話，確實不能說是不幸。」
說得難聽點，她換男友真是換對了。
「對沙月來說，淳矢不就是最好的踏腳石嗎？」
佐織冷笑著說道。
這話說得還真酸，難不成她正是寄出那些惡作劇信件的人？
青兒一面胡亂猜測一面偷偷觀察皓，發現他正專注看著手機。
「能不能讓我看看其他照片？」
「好啊。不過我把照片都放在一起了，你可別亂看喔。」

佐織聳聳肩，把手機交給皓，青兒也湊在一旁看著螢幕。

「喔？」

「你發現什麼？」

吸引青兒目光的是一張在露營區洗滌槽旁拍攝的照片，淳矢手上拿著滿是泡沫的海綿。

「原來帥哥也要洗碗啊？」

「啊？什麼意思？」

青兒在大學時代曾有一次受邀參加烤肉聚會。

但是肉還沒烤好，他就被叫去洗碗。他像隻浣熊乖乖地洗著碗，等到洗完才發現大家已經吃飽走人了。

其中一個原因或許是青兒沒有帶肉，只買了零食充數吧……

「呵呵，竟然沒發現大家已經解散，你也太心不在焉了吧。」

「但洗碗的時候不就是會發呆嗎？所以才會把碗摔破啊。」

「若是你再繼續發呆下去，大概連呼吸都會忘記吧。」

這話未免說得太過分了。

青兒正想抗議，卻突然注意到佐織的眼神變得比冰更冷，連香蕉都會被凍到可以當成榔頭拿去敲釘子。

他慌張地把視線移回手機。

「啊，我看出來了，他不是在洗碗，而是用左手在做筆記啦。」

應該是收拾到一半的時候接到電話吧。

淳矢的右手抓著沾滿泡泡的海綿，把手機夾在耳朵和肩膀之間，努力寫著筆記。

雖然青兒沒有立場批評別人，但他還是覺得淳矢很笨拙。

「不好意思，你剛才說什麼？」

皓一臉認真地問道，青兒訝異地眨眨眼睛。

「啊？我說他不是在洗碗，而是用左手做筆記……」

「原來如此，我知道了。」

皓點著頭說道，看起來非常愉快，他似乎抓到頭緒了。

「青兒，你的著眼點真是異於常人呢。」

「呃，是嗎？」

「是啊，完全偏離了常軌。」

……這算是誇獎嗎？
「這張照片有什麼地方不對嗎？」
佐織也疑惑地盯著手機看。
「沒什麼，只是有些事讓我很在意。這張照片可以給我嗎？」
「可以是可以啦，但你可別拿去做壞事喔。」
「謝謝妳。啊，請寄到這支手機。」
皓遞出去的是青兒放在桌上的手機。
……竟然擅自使用他的手機，簡直跟胖虎沒兩樣嘛。
「淳矢先生後來怎麼了？」
「他在學校待不下去，就離開研討會，聽說後來回老家了。」
「喔。那他現在還住在老家嗎？」
「我不清楚，聽說他罹患憂鬱症，整天足不出戶。聽起來他的人生已經毀了。」
「追根究柢還不是因為他向別人施暴？這根本是自作自受啊。」
青兒忍不住出言批判。即使他過得再不幸，終究是自己造成的。
「你真的這麼想嗎？」

「啊？」

佐織話中有話，同時痙攣似地扭曲臉孔。她是在笑。

她探出上身，像在透露祕密般壓低聲音說：

「沙月有一個習慣，連她自己都沒發現。她在說謊或是隱瞞事情的時候，都會用力眨眼。你看，就像這樣。」

「啊……」

青兒看過這個動作。

就是沙月昨天和皓談到惡作劇信件的時候。

——我再問妳一次，妳真的想不到誰會寄這種信給妳嗎？

——我想不到。

沙月回答問題的時候，很不自然地用力眨眼睛。

「她被淳矢打了之後跑來我的公寓時，還有哭著向研討會教授說出被打的事情時，也都一直用力眨著眼睛。」

青兒無言以對。這麼說來，她聲稱自己被打是騙人的囉？

「妳沒有跟別人說過這件事嗎？」

青兒忍不住用質問的語氣說道。

但佐織只是敷衍地聳聳肩膀。

「無憑無據的，我是要怎麼說？而且沙月都已經拿出驗傷單，我若是質疑她一定會被罵的。」

「但妳明明知道她在說謊。」

「那可是沙月耶。如果我指責她在說謊，她鐵定會說出更誇張的謊言，譬如說淳矢是因為和我有私情才會對她施暴。」

常言道三人成虎，謊話說多了就會成真。青兒才第一次聽到佐織說出這句話，就覺得挺有真實性的。

「嘻嘻～」

佐織突然笑了。

「其實我們四個月前舉辦過同學會，我是總召，當時我一不小心也把邀請函寄去淳矢的老家。」

「啊？」

「如果淳矢收到邀請函，說不定會跑來找沙月唷。或許那時候真的發生了什麼事吧。因為沙月本來每天寫文章，在那之後變成三天才更新一篇。」
「不會吧……」
青兒突然想起一件事。
『期待在明天的同學會跟妳見面，到時再一起唱大學校歌吧，還要喝個痛快！』
那一則留言乍看之下只是在跟老朋友敘舊，說不定她其實是蓄意公布沙月要出席同學會的消息。
「妳和沙月小姐不是好朋友嗎？」
青兒感到不寒而慄，開口問道。佐織聳著肩回答：
「我和她的關係差不多要結束了。」
佐織露出自嘲的笑容，乾脆得令人愕然。
「自從我做了這份工作，她就漸漸疏遠我。沙月需要的是對她有幫助的『能幹大姊姊』，而不是靠著怪談混飯吃的『陰森的單身女人』，所以，她早就不想跟我當朋友了。」
佐織斷然說完就背起托特包站起來，臨走前還回頭對皓露出挑戰般的微笑。
「你等著看吧，用不了多久，她一定會陷入不幸。」

「妳也是。」

皓沉靜的聲音像落在白紙上的一滴墨水。

「請小心一點，常言道詛咒別人必定遭到報應。」

佐織不悅地咬緊嘴唇。

高跟鞋的聲音響起，佐織的背影漸漸走遠，只留下一杯完全沒有動過的紅茶。

「那個……」

該說些什麼呢？

青兒還在猶豫時，皓突然微微一笑。

「好啦，我們的事情也處理完了。」

「唔……要回去了嗎？」

「這個嘛，現在還有一些時間，我想去參觀一下昨天在部落格上看到的『上吊廁所』。你要一起去嗎？」

「呃，我就不必了。」

「哎呀，你不去啊？」

皓輕輕地笑了，聽起來像貓在捕捉獵物之前的低鳴，青兒不禁感到毛骨悚然。

「不管怎樣，逢魔時刻一定要到家，有客人要來喔。」

＊

唉，真討厭。

沙月差點脫口說出這句話，趕緊咬住嘴唇。

最近……不，應該說是這四個月，她一直都鬱鬱寡歡。部落格今天應該要貼出新文章，但她現在連電腦都不想開。

原因是她的丈夫凌介。

「你覺得買哪個牌子的嬰兒床比較好？」

對於即將迎接新生兒的夫妻來說，這是再正常不過的話題。

但凌介嘆著氣回答：「我現在很累，能不能晚點再說？」沙月拿型錄給他看，他還明顯露出「妳喜歡就好」的不耐煩表情。

「難道你就沒有一點當父親的自覺嗎？」

她忍不住出言責備。

但丈夫的回答令她懷疑自己聽錯了。

「怎麼可能有嘛。」

那一瞬間，她親愛的老公彷彿變成一隻陌生的怪物。

那是昨天深夜發生的對話。

這間三房一廳的公寓，此時只有沙月一個人在家。她懷著日漸加深的不安，發出不知道是第幾次的嘆息。

她實在沒心情更新部落格，可是有那麼多人在關注她，她一定得過得幸福才行。

「轉換一下心情吧。」

最近車站前新開了一間咖啡廳，運氣好的話或許可以當成日記的題材。等到孩子生下來之後，就不能如此悠閒地臨時跑出去喝下午茶了。

（本來是想找凌介一起去……）

沙月揮開心頭的烏雲，仔細地梳妝打扮，穿上剛買沒多久的喀什米爾洋裝和外套，套上喜歡的高跟鞋，口紅擦的也是剛買的新色號。

走出大門，紅得令人怵目驚心的夕陽把天空染成可怕的深紅。她有一種不舒服的感覺，覺得好像在哪見過這幅景象。這片從地平線燒起來的夕照和她迷路走到那棟奇特房子時見到的幾乎一模一樣。

「咦？」

她突然發現自己又迷路了。

眼前出現一條隧道，上頭覆滿在冬天依然青翠的常春藤，走進去便是住著那個怪人的洋房。

（真討厭。）

沙月直覺地就想轉身離開，但又立刻打消念頭。

她不知道要怎麼回去，而且入夜之後會變得更冷。為了肚子裡的寶寶，她一定要避免著涼，所以現在只能去那棟房子，雖然這代表要再見到那位少年。

「歡迎，我正在等妳。」

鳥鳴般的清脆聲音邀請沙月進入那間像書房的房間。

夕陽疲弱的光芒把整個房間映成深紅色，少年那一襲喪服般的衣服，如今看起來簡直像是染滿了血。

沙月當然不是受邀前來，但在聽到少年說出這句話的瞬間，她確信自己一定是被請來的。

「請隨意，當作是自己家吧。」

隨同那道爽朗的聲音，茶杯也被擺出來。沙月在一張椅子坐下，覺得這就像是一場舞台劇。

另一張椅子坐的是擔任助手的青年。

他雖然五官端正，但是雙眼無神，還頂著一頭亂髮，乍看只是個丑角，而且他那種不夠世故的神態還會讓沙月想起從前的情人。

「對了，我已經知道惡作劇信件是誰寄的了。」

少年突然開口，他的語氣開朗得有些刻意。沙月頓時血氣上衝，猛然起身。

「你有完沒完啊！別再提那件事了！」

「佐久真淳矢。他是妳以前的未婚夫，對吧？」

一張紙落在桌布上。看起來像是報紙的影本，日期是四個月前。

一對男女跑到市內某間空屋試膽，竟看見一具上吊的遺體，兩人隨即報警。死者是二十至三十歲的男性，被發現時已經死亡數日。現場沒有找到遺書。警方正在確認死者的身分，並調查他的死因和動機。

「那具上吊的屍體就是佐久真淳矢。」

少年平淡地說道，沙月一言不發地愣在原地。他是怎麼查出來的？

「他離開大學回到老家以後就罹患憂鬱症，每天把自己關在家裡。幾個月前他被趕出家門，可能是覺得人生無望才上吊的。」

「自作自受。都是因為他自己從前的所作所為才會遭到報應。」

「妳真的這麼想嗎？」

聽到少年確認似地詢問，沙月眨了眨眼睛。

「是啊，我就是這麼想的。」

沙月掩飾不了聲音中的顫抖。為了平復心情，她拿起茶杯，色澤濃豔的紅茶看起來猶如深紅色的鮮血。

其實她不應該喝茶，因為紅茶裡的咖啡因對胎兒會有不良影響，但她急著把注意力從少年的身上移開。不知他究竟查出多少事，她得謹慎地試探看看。

（咦？）

茶杯裡的水面上好像映出什麼東西。

沙月很快就發現，那是一個脖子被吊住的老婆婆，正從上方用死氣沉沉的表情看著她，她立刻尖叫著站起來。

喀啦。

掉落的茶杯把她腳邊的地毯染出一片血跡般的殷紅。

「剛、剛才那是……」

「喔？怎麼啦？看妳嚇成這樣，簡直像是見了鬼。」

沙月心想：快逃，非得儘快遠離這位少年不可。她打從一開始就不該以為踏進這間房子還能平安無事地離開。

「喔，對了，在妳離開之前，請先看看這張照片。」

少年遞出的手機上顯示一張很眼熟的照片。

那是研討會合宿活動中的一個場景。烤肉剛結束、正在收拾的時候，淳矢一手拿著滿是泡沫的海綿，同時用肩膀夾著手機做筆記。那是他打工的地方打來的，其實他只要回一句「我晚點再打給你」就好，那手忙腳亂的模樣真是令人發噱，沙月還記得自己當時忍不住調侃他。

「這張照片怎麼了嗎？」

「左手。」

「啊？」

「淳矢先生的手。妳仔細看，他是用左手拿筆。」

沙月急忙確認。

……真的耶。

他用右手拿著沾滿泡沫的海綿，用左手拿著原子筆寫字。

「他的樣子似乎很慌張，應該沒有人會在這種時候用不習慣的那隻手寫字吧？可見淳矢先生是個左撇子。」

「怎麼可能！淳矢在上課和做家事時都是用右手啊！」

「大概是被矯正過吧。因為他平時都用右手，才沒有人發現他是左撇子。說不定他父母的『不當管教』就是基於偏見而把他強迫矯正成右撇子。」

淳矢說過父母在管教他的時候都打得很凶，原來是為了矯正左撇子？

「我看見鏡射文字的時候就猜到了，因為左撇子可以輕易寫出左右相反的字，所以有很多左撇子的人從小就自然而然地學會寫鏡射文字。據說《愛麗絲夢遊仙境》的作者路易斯．卡羅也是個左撇子，所以才會寫鏡射文字。」

少年豎起食指說道。

「既然如此，那我就有一個疑問了。被左撇子毆打，腫起來的應該是右臉，但是妳被淳矢先生打了之後腫的卻是左臉。是這樣沒錯吧？」

「……你到底想說什麼？」

「我要說的是，那件事是妳自導自演。妳趁淳矢先生睡著時拔下他的銀戒指，戴在自己的手上再毆打自己。要讓他睡著很簡單，只要去藥局買藥，加進他的飲料裡就行了。」

「你、你少胡說八道！我要告你毀謗喔！」

沙月表情僵硬地氣憤大吼，但哀號似的聲音出賣了她。少年依然掛著微笑，將白色瓷杯靠近嘴唇。

「請妳不要誤會，我只是想要拯救妳脫離不幸。」

「開什麼玩笑，你又知道我多少事了？」

「其實我今天請負責接待的紅子去調查妳的出身背景。妳的母親在妳中學時過世了，而且和淳矢先生一樣是上吊自殺的，沒錯吧？」

「是啊，那又怎麼樣？」

她回答的語氣充滿不屑。

「從街坊鄰居的評論聽來，她總是在抱怨和嘆氣，動不動就覺得自己比別人不幸，老是在羨慕、嫉妒、惋嘆，結果直到最後都過得很不幸。」

「是啊，我媽和我是完全相反的人。」

她諷刺地揚起嘴角，少年卻靜靜地搖頭說：

「不對，現在的妳就跟妳母親一模一樣。」

「啊？」

「妳們都是依據別人的評價來定義幸福，根本不明白什麼才是自己的幸福，所以比誰都不幸。」

沙月搖頭否認。

幸福的婚姻、幸福的夫妻生活，為了得到這一切，她比別人付出更多心血。就是因為她如此賣力，才能過著這麼美滿的人生。

（就差一點，只差一點而已。）

她的肚子裡已經懷了期盼已久的第一胎，等到生下孩子之後，她就能得到世人稱羨的一切。這一次明明就可以得到幸福。

「妳這麼渴望幸福，證明妳現在一點都不幸福，不是嗎？」

少年自喉中發出笑聲。

接著，他露出貓在戲弄老鼠時會有的眼神。

「犯了罪就要受到懲罰，這是天經地義的事，不過孩子無法選擇父母，妳的處境值得同情，所以妳如果想要逃過地獄的刑罰，就去找個人坦承妳的罪行吧，否則妳就得下地獄喔。」

想都不用想。

沙月立刻站起來，放聲吼道：

「我死都不要！」

話才說完，她的視野突然一黑。

太陽剛剛燒盡，夜晚已經到來，此時四周暗得像吹熄了黑暗中僅有的一根蠟燭。

在黑暗中，少年那張太過白皙的臉朝向沙月。

「那麼，就請妳下地獄吧。」

他笑著說。

沙月正想發問，就聽見一記拍手的聲音。

「咦？」

回過神來，她發現自己站在很熟悉的地方。

這是一條小巷，距離她住的公寓大約十分鐘路程。大概是在不知不覺間走上歸途吧，但沙月完全不記得自己是怎麼離開那棟屋子。

難道她是在作夢嗎？綠色隧道後方的那間洋房、穿著一襲喪服般和服的少年，說不定都只是一場惡夢。

但是，有一團烏雲般的不安始終籠罩在她的心頭，彷彿就要發生什麼無法挽回的嚴重事態。

「唉，真討厭。」

沙月忍不住說道，接著立刻咬緊嘴唇。

——唉，真討厭。

這句話是她母親的口頭禪。母親彷彿是用不滿和埋怨所構成，嘴裡隨時叨念著「唉，真討厭」，不然就是說些不知從哪聽來的消息，諸如「鄰居去歐洲旅行」或

「親戚重新裝潢廚房」，然後加上一句「再看看我們家」，最後以深深的嘆氣結尾。

「唉，真討厭。為什麼我這麼不幸呢？」

小學五年級時，沙月為了討母親歡心，送給她一件一萬圓的圍裙當作母親節禮物。沙月把存了很久的壓歲錢放進錢包，千辛萬苦地轉乘幾班公車去很遙遠的百貨公司購物。

她心想母親一定會很高興。

她相信母親一定會露出笑容。

一定會笑得很幸福。

但是……

「真討厭，竟然是圍裙。妳是叫我要更努力地做家事嗎？」

母親說完，深深嘆了一口氣。

「唉，真討厭。隔壁太太收到的可是康乃馨花束呢。」

聽到這句話，沙月覺得心中有某個東西炸開來。

「媽媽去死好了！」

從那一天開始，沙月的心中再也沒有母親。

她要求父親讓她去上補習班，父親便爽快地拿出補習費和餐費。父親平時很少回家，大概是因為拋下了妻子和孩子而感到愧疚吧。

補習班裡有很多朋友，所以沙月一點都不寂寞。她下課以後會在家庭餐廳待到晚上十點，早上也不碰桌上的早餐就出門，每天重複著這樣的生活。

後來母女兩人連「我回來了」和「歡迎回家」都不講，家裡只能聽到母親成天叨念的「唉，真討厭」，以及沙月比冰雪更冷的沉默。

如今想來，母親就是從那陣子開始變得奇怪。鄰居都對她避之唯恐不及，親戚也逐漸疏遠她，她每天都一臉空虛地坐在電視機前。

某天早上，沙月本來要像平時一樣默默走過廚房，但她聽見母親對著電視自言自語，忍不住停下腳步。

「唉，真討厭。為什麼我要這樣孤零零的呢？」

下一秒鐘，沙月的口中自然而然地說出這句話：

「不喜歡的話就去死啊。」

她早就想說這句話了。

既然這麼討厭，怎麼不去死？

母親隨即轉過頭來，沙月一看幾乎屏息。許久沒正眼看過的母親已經瘦成皮包骨，像是很多天沒吃飯。

「那要不要一起上吊？」

沙月當作沒聽見，迅速衝出家門。

從補習班下課回家以後，她在烏漆抹黑的廚房裡看到母親佇立的身影，打開電燈一看，才發現母親不是站在地上，而是被天花板垂下的一條繩子吊著。

桌上擺著包著保鮮膜的飯菜，旁邊放著一張超市的廣告單。廣告單上，潦草的字跡寫著給沙月的訊息。

妳總有一天也會變成這樣。

沙月還沒叫救護車，就先把那張紙撕碎了丟進垃圾桶。

其實沙月根本不想打電話，只想丟下那具屍體逃出家門。如果母親還有呼吸，沙月一定會親手掐死她。

過了兩年後——

淳矢聽沙月說完母親的遭遇，露出煩惱的表情點頭說：

「我大概可以理解妳害怕的心情。」

「害怕？不是生氣或憎恨嗎？」

「應該都有吧。我也覺得又生氣、又痛恨、又害怕，總覺得如果不把父母的事情忘記，我遲早會變得像他們一樣。」

說出這些話的淳矢，也是個沒有享受過家庭溫暖的孩子。

他背後有個燙傷的痕跡，那是在他幼年時，父親對他的「不乖」很生氣，就把熾熱的熨斗按在他的背上。

「如果哪天我能忘掉所有關於父母的回憶，那妳就是我的第一個家人了。」

淳矢開懷地笑著，如同一個天真無邪的孩子。

（單純的淳矢，沒有戒心的淳矢。）

沙月原本以為，從此可以和他過著幸福快樂的日子。

「我想要辭掉錄取的工作，去考研究所。」

淳矢一臉認真說出這句話，是在大四那年的春天。

優秀的研討會學生在指導教授的勸說下決定繼續讀研究所，這是很常見的事，但淳矢會做出這種決定，恐怕是把中年的教授當成父親，因此得到教授的重視讓他欣喜得渾然忘我。

「結婚的事能不能再等幾年呢？」

沙月沒辦法拒絕。

「好吧，我會支持你。」

「謝謝妳，我就知道妳會這麼說。」

——唉，真討厭。

沙月彷彿聽見母親抱怨的聲音。那聲音似乎說著，再這樣下去妳就要陷入不幸了。

然後……

「那個，沙月小姐，妳對相親有沒有興趣？」

剛好在那陣子，她在一間很有名的廚藝教室上課時聽到講師這麼說。

「我的姪子在很大的設計公司工作，我想要把妳介紹給他。妳看，就是這個人。」

在講師遞出的照片裡，她未來的丈夫凌介笑得十分開懷，全身散發成功人士會有的自信，一看就是一輩子都和「不幸」二字扯不上關係的人。

「我或許是個偏心的姑媽，不過，這孩子確實長得不錯吧？他的收入也很高喔，這麼年輕就已經擁有藝術總監的頭銜，還做過很多知名的廣告設計，最近電視正好在播呢。」

講師唱起了廣告歌，那是連沙月都知道的一間大公司的廣告。身兼知名料理研究家和廚藝教室講師的她，出身於一個源遠流長的富商家族，她的姪子當然也是其中的一員。

「哎呀，不好意思，我都忘了先問最重要的事，妳現在有男朋友嗎？」

「沒有。」

她一點都不後悔這樣回答。

但她若是直接和淳矢談分手，一定會被說是為了攀龍附鳳而變心的拜金女，大家都會同情被她拋棄的淳矢，在背後說她壞話，搞不好哪天還會傳進新未婚夫凌介的耳中。

所以……

讓淳矢蒙上施暴的罪名也是無可奈何的事。

事情正如沙月所料，淳矢發現被她背叛也沒有責怪她，不僅如此，當沙月謊稱自己被打、引來眾人懷疑的眼光時，只有淳矢一個人幫她說話。
他一直說，沙月不是那種人，一定有什麼原因。
（怎麼可能有嘛。）
沙月一開始接近淳矢就是有所目的，把母親的事情告訴淳矢也是為了博取他的親近感和同情。
她要的是外貌和前途都令人羨慕的男友，淳矢只不過是剛好具備這兩個條件。不過，那都是過去的事了。
（單純的淳矢，沒有戒心的淳矢，可憐的淳矢。）
因為旁人眼中的懷疑不斷加深，淳矢好幾次跑到沙月的公寓找她溝通。
所以沙月忍不住了。
「我根本一點都不想當你的家人。」
她知道這句話會對淳矢造成致命的打擊。
而且……
「既然這麼討厭被那種父母生下來，你乾脆去上吊自殺啊。」
沙月這句話真的把淳矢推入不幸的深淵。

後來淳矢沒有和沙月說一聲，就默默離開了研討會。沙月聽說他回到老家，每天把自己關在房間裡。

因此，她以為再也不會見到淳矢了。

「要不要一起上吊？」

四個月前，沙月參加了同學會之後，在回家的路上見到寄來惡作劇信件的人——淳矢。他已經完全不是以前的淳矢，穿著髒兮兮的工作外套，衣服上散落著頭皮屑，太久沒修剪的頭髮之下的眼睛有著深深的黑眼圈。

簡直是不幸的化身。

沙月想到這裡，心中就湧出強烈的焦躁和厭惡，默默轉過身去。她認為現在的淳矢沒有交談的價值，就像當年上吊的母親一樣。

就在這時，沙月的脖子突然感到刀割般的劇痛，接著她發現自己被電擊棒攻擊，隨即暈了過去，被扛到某個廢墟。等她醒來時，淳矢已經上吊身亡。沙月尖叫著逃出廢墟，沒命似地跑回自己的公寓——事情就這麼落幕。

淳矢沒有留下遺書，人們以為又是一個受不了打擊的菁英自殺了，隨便辦了葬禮之後就把他拋諸腦後，沒有一個人知道沙月誣陷他施暴的罪行。

一切都已結束，這下子沒有人會威脅到她。原本應該是這樣的。

（我竟然懷孕了。）

她的下腹部日漸膨脹，胸中的不安也逐漸加深。

說不定淳矢趁她不省人事的時候，對她做了什麼惡劣的行為。

淳矢原本要拉她一起殉情，卻在最後一刻打消念頭，說不定是覺得她可能懷了自己的孩子……

若是這樣，如今在她肚子裡的寶寶，不就成了無可避免的不幸根源嗎？

（唉，真討厭。）

此外，丈夫凌介的態度更加深她的擔憂。說不定丈夫已經直覺地發現她腹中的孩子並非他的親生骨肉，所以才會擺出無情的態度。

（不可能的。）

沙月拚命否定這個猜測，但丈夫還是持續迴避她。他看到沙月總是一臉忌憚，就像沙月的父親對待母親的態度。

——唉，真討厭。為什麼我要這樣孤零零的呢？

腦海中浮現這句話，沙月猛甩著頭，想要把它揮開。

（我得努力，更加努力。）

她非得過得比任何人都幸福不可。

因為她若是變得不幸，一定會像母親那句遺言所說的一樣上吊自殺。

（啊，原來是這樣。）

沙月發現了，原來一直糾纏她的低語，就是寫著「妳總有一天也會變成這樣」的那張紙。

「咦？沙月！」

聽到背後傳來這聲呼喚，沙月頓時停下腳步。

回頭一看，原來是幫她和凌介牽了紅線的講師。說自己是偏心姑媽的她也很疼愛嫁給姪子的沙月，有事沒事就會找她一起出去吃午餐或購物。

沙月心想，這個人對自己有恩。

不過，她若是知道沙月和凌介夫妻失和，一定會站在姪子那邊，所以沙月這陣子很不想碰到她，尤其是現在。

「真是太巧了！我到附近辦事，正想順便去看看妳呢。好一陣子沒看到妳，不知道妳過得好不好。」

「對不起，最近淩介工作太忙了。」

「沒關係啦。大家都說老公只要會拿錢回家就好，不在家也沒關係，不過老婆一個人照顧家裡也很辛苦呢。啊，等一下要不要一起吃飯？車站前新開了一間咖啡廳喔。」

是那間咖啡廳。沙月心想。

對了，她本來就是為了去那間咖啡廳才出門。而且和活力旺盛的講師在一起，心情應該會輕鬆一點。

好，就和她一起去咖啡廳吧。

沙月感到睽違已久的興奮，但是下一秒鐘……

「不好意思，我跟人約好了要上吊。」

連她都不敢相信自己會說出這句話。

——我剛才說了什麼？

「那、那個，對不起，我突然想起有事要忙，先告辭了。」

她連忙朝愣住的講師鞠了個躬，逃命似地快步離開。

（說什麼上吊……我會上吊？）

怎麼可能嘛。雖然沙月這樣想，卻有一種預感在她的心中不斷膨脹。暴增的不安和焦躁彷彿隨時會「碰！」一聲炸開。

她幾乎要開口喊救命，無論對誰都行。

她真想如同孩子般跺腳哭鬧，哭訴自己的不幸。

能接受她這種行為的只有淳矢。

（我不能回家，回家也只有我一個人，得找個有人的地方。）

沙月不知該往哪去，只能漫無目的走著。前方似乎是公園，她漫不經心地這麼想的時候，突然看見兩隻腳掛在眼前，像是要擋住她的去路。

（對了……）

沙月的腦海裡浮現母親的屍體，身上還穿著沙月小時候送她的圍裙，而且廚房桌上包著保鮮膜的飯菜是兩人份的。

母親之所以瘦成皮包骨，說不定是一直等著能再次和沙月一起吃飯。

「媽媽……」

她無意識地說道。

緊接著，沙月感到身體內有某種東西在蠢動，漸漸爬到下腹部，接著有個溫熱黏稠的東西從雙腿之間流出。

——啊啊，生出來了。

沙月在心中喃喃說道，接著便失去意識。

*

哇哇，哇哇。

黑暗之中傳來哭聲。

是小孩子？

不對，是嬰兒。

聽起來很吃力、很痛苦、很悲傷……又很寂寞。

像在傾訴難以忍受的苦楚。

那個聲音不停在呼救：救救我、救救我，我是如此不幸。

啊啊，快一點。

得去把他抱起來。

得讓他安靜下來。

得儘快阻止他。

免得被別人發現。

趁著他還沒對別人說「你很不幸」之前——

得快點掐死他。

哇哇，哇哇。

沙月一睜開眼睛，就發現自己昏倒在公共廁所的冰冷磁磚上，身旁還有個嬰兒正在哭鬧。

「別哭了。」

她匍匐著靠過去，把手伸向嬰兒的脖子。

突然，嬰兒的頭像黏土一樣扭曲，變成一張熟悉的臉孔。

（媽媽？）

沙月差點脫口而出，但立刻察覺不對。

不，那張臉是……

『不喜歡的話就去死啊。』

嬰兒用厭世的表情笑著，喃喃說出這句話。沙月一發現那是自己的臉，雙手立刻掐住嬰兒的咽喉。

喀吱一聲，她的雙手感覺到了折斷小樹枝般的觸感。

啊啊，多麼簡單。

早就想對自己這樣做了。

（非得過得幸福不可。）

必須比誰都幸福。

否則絕對不原諒自己。

可是……

根本不知道該怎麼做。

唉唉，怎麼辦？

得快點得到幸福才行。

究竟該怎麼做？

啊，對了，想起來了。

——我得上吊才行。

沙月把包包的背帶掛在氣窗上，另一端套在自己的脖子上。

……喀吱一聲。

*

幾天後。

繼續過著食客生活的青兒，收到佐織寄來的信，她說在那間被稱為「上吊廁所」的公廁裡發現沙月上吊的屍體。她是被掛在氣窗上的包包背帶吊死的，沒有留下隻字片語。

『你知道什麼嗎？如果有任何情報請告訴我。』

以這句話作結的信件，明顯透露出她的震驚。

你等著看吧，用不了多久，她一定會陷入不幸——佐織一語成讖，但她只感到驚慌和後悔。

到了三點的下午茶時間……

「這樣啊。真遺憾。」

皓喝著殷紅的紅茶，聽青兒念完信的內容，只回答了這句話。他的臉上看不出半點驚訝，簡直像是早已預見了未來。

「所以說，沙月小姐一離開這裡就立刻上吊了？」

「嗯，應該是吧。」

「是因為良心發現嗎？可是她看起來不像是打算自殺的樣子啊。」

「那她就是在非自願的情況下上吊的。」

「……你是在開玩笑吧？」

「誰知道呢？」

皓輕輕地笑了。他還是老樣子，總是不把話說清楚。青兒望向第二封信。最令人難以理解的是……

「聽說沙月小姐的遺體裡面沒有小寶寶。」

青兒得知她自殺之後，首先關切的是她腹中胎兒的安危。雖然想必是活不了了，但青兒還是期待著奇蹟發生。

可是，佐織的回覆出乎他的預料。

『沙月不可能有孕在身，她自殺的時候正在生理期中。』

怎麼可能？這真是太匪夷所思。

聽青兒這麼說，皓笑著回答：

「沒想到你這麼笨呢。」

「什麼……」

這句話如同一記突如其來的上鉤拳，讓青兒愣在原地，好一陣子說不出話。他不明白自己為什麼會突然挨罵。

皓不理會變得跟雕像一樣僵硬的青兒，緩緩倒了第二杯紅茶，像是在享受香氣似地瞇起眼睛。

「你不覺得奇怪嗎？我還以為你早就注意到了。」

「注意到什麼？」

「沙月小姐打從一開始就沒有懷孕。」

「啊？」

青兒的反應只能用呆若木雞來形容。

「她的情況應該算是一種妄想——假性懷孕。你回想一下，她第一次來這裡時，不是說了正要去看婦產科嗎？但她當時穿的是高跟鞋。」

「啊……」

原來如此，那時讓他感到不對勁的就是鞋子。

「而且附近一帶沒有婦產科，只有身心科。」

「這麼說來，她……」

「是的，她是要去治療懷孕的妄想。」

但是她的症狀始終沒有改善，她的丈夫不堪負荷，越來越不想回家。這股寂寞又使得沙月的病情更加惡化。原來這才是她一直感到不安的真正原因。

「她活活逼死一個人，不可能一點感覺都沒有。罪惡感、後悔、自責、害怕罪行暴露，就是這些糾結的情緒化為妄想棲息在她的體內。」

「沙月小姐就是因此而死的嗎？」

如果逼死沙月的是她的良心，就跟她之前在這棟屋子裡和皓的對話沒有關係。

但是——

「好啦，我也差不多該跟你說清楚了。」

茶杯底部發出「叩」一聲。皓露出柔和的微笑。

這個笑容讓青兒感到十分不祥，他無意識地把椅子往後挪。椅子發出吱軋的哀號。

「我們先複習一下。青坊主這種妖怪的特徵是會問人問題，讓對方自己決定要拒絕或答應，如果不回答便會被吊死，但若明確拒絕，青坊主就會默默消失。」

「呃，是這樣嗎？」

「相較之下，更可怕的是『縊鬼』。」

「縊鬼……」

那是江戶時代流傳下來的故事。

在某場宴會上，有一位遲到的客人說「我有急事要處理，所以來告知一聲」，說完立刻就要離開。旁人覺得他的樣子很奇怪，一問之下，他竟回答「我跟人約好要在喰違門上吊」，就在大家挽留他、拉著他喝酒時，有消息傳來說喰違門有人上吊，這位客人才撿回一條命。

「簡單說，縊鬼是一種附身的鬼怪。附在人的身上引發惡念的鬼怪通稱為『過路魔』，而縊鬼是上吊自殺的怨靈為了找人代替自己在冥府裡受苦，所以會附在陌生人身上讓他們上吊。只要被縊鬼纏上，就沒辦法逃脫了。」

「那個……我不太明白你想要說什麼……」

青兒焦慮地說道，皓微微一笑。

「你還記得『上吊廁所』的怪談嗎？」

「喔，你是說佐織小姐部落格裡的文章吧，就是公園的公廁一直有人……」

在青兒正要說出「上吊」時——

他看到皓拿著的茶杯中，那一圈殷紅水面映出滿頭亂髮的老婆婆上吊的屍體，頓時嚇得站起來。

「什、什、什……」

「喔，你終於發現了。你現在看到的就是縊鬼。」

皓說得很輕鬆，青兒只能一臉茫然地僵立原地。

「我直接說結論吧，『上吊廁所』的怪談就是縊鬼幹的好事。之所以沒有一個人留下遺書，是因為他們並不是自願上吊的。」

「這……咦？」

「我們上次見過佐織小姐之後不是去了那間公廁嗎？那裡確實有縊鬼，所以我就把牠帶回這間屋子，讓牠附在沙月小姐身上。」

他的語氣輕鬆得像是在談論天氣。

「為、為什麼？」

「為了懲罰她犯下的罪過，所以我讓她下地獄了。」

聽到青兒喘著氣提出的問題，皓回答得十分乾脆。

青兒很想說「怎麼可能有這種事」，可是皓帶回來的縊鬼，如今就在這個房間的天花板。

但是，基於理性和超出常識的極端恐懼，青兒還是拒絕接受眼前的事實。

這位少年究竟是何方神聖？

「對了，青兒，你知道地獄裡的鬼也會出現在人間嗎？」

「不、不知道……」

「其實鬼本來就不只是待在地獄，也會來到人間，用燃燒的車把惡人帶到閻魔大王面前。如今這項工作卻荒廢了，因為鬼卒的數量有限，亡者還是不斷增加。」

皓豎起食指說道。

「後來閻魔大王決定把一部分的業務交給別人，用時下的說法就是外包。所以這間屋子被施加了某種咒術，成為冥府的辦事處。」

皓那張比夜叉更白皙的臉龐呵呵笑著。

「到了逢魔時刻，隱藏罪行的罪人就會不知不覺地被引來這間屋子。他們都是逃過法律制裁，或是罪行沒有被發現的罪人。我的工作就是揭發他們的罪過，把他們打入地獄。」

青兒突然想到一件事。

他第一次來到這間屋子，問起皓的工作內容時，皓說出的那個詞彙……

「那麼、那麼，你說的『代客服務』是……」

「是的，就是地獄代客服務。」

皓乾脆地回答。

青兒只覺得聽到一個不好笑的笑話，但事實是真的有人死了。

「像沙月小姐這種值得同情的罪人，我在裁決之前一定會給對方一個贖罪的機會。遺憾的是，很少人願意接受這個機會。」

皓說出這句話時，表情顯得有些寂寥。

「至今為止，到底有多少人……」

「總共二十二人。不對，加上沙月小姐就是二十三人。最終目標是一百人，前方的路還很漫長啊。」

皓苦笑著說道。他難得露出這種自嘲的表情。

「你知道《稻生物怪錄》這本傳奇故事嗎？」

「不、不知道……」

「是嗎？那本書很有名耶。書中彙整了後來名為『稻生武太夫』的三次藩士——平太郎，在他十六歲時經歷的怪異體驗。大部分的人以為那只是荒誕無稽的虛構故事，其實是真實事件，書中每個角色都是歷史上實際存在的人物。」

那本書的內容寫到，平太郎跑到比熊山試膽，激怒了山上的鬼怪，一連三十天都有鬼怪來襲擊他，最後一天出現的是自稱「魔王」的山本五郎左衛門。魔王很欣賞平太郎這個少年的勇氣，於是送給他一根木槌為獎勵，然後就帶著手下的鬼怪離開。

「我的父親便是書中提到的山本五郎左衛門。為了隱藏身分，我平時用的是母親的姓氏。」

「不會吧，那你就是那個妖怪老大的……」

「繼承人。」

皓面帶笑容回答。雖然他笑得很溫和，青兒卻感到一陣惡寒。

「正確說來，他只是『被視為妖怪老大的其中一人』。即使掛著魔王的頭銜，既然還有勢均力敵的競爭對手，就不能大剌剌地自稱老大，所以我還在努力達到那種水準。」

皓苦笑著說，然後他直視著青兒開口：

「我有一件事要拜託你，今後可以請你繼續擔任我的助手嗎？」

「如、如果我拒絕呢？」

「你不會拒絕的。你自己也很清楚吧？」

皓彷彿看穿一切似地笑著。

如新月般彎曲的嘴唇美得像人偶，卻令人不禁想到般若面具。即使外表再怎麼漂亮，揭開表象之後看到的卻是沾滿鮮血的嗤笑鬼臉。

好想逃走。

雖然青兒這樣想，雙腳卻像釘在地上一樣動彈不得。真是一場惡夢。明知自己在夢中，卻又醒不過來。

他只有一個選項。

漁夫之間流傳著一句諺語：「船板之下就是地獄。」如今青兒覺得腳下彷彿開了一個洞。那片充滿虛無和絕望、深不見底的黑暗，和面前這位少年的雙眼一樣漆黑。

如果青兒不想墮入貨真價實的地獄，只能選擇擔任這位少年魔王的助手。

但他從此得和地獄裡的鬼怪一起制裁亡者——每天看著那些苦悶的罪人，畏懼著不知何時會降臨的審判——這和活在地獄又有什麼兩樣？

「假使說，我以後犯了什麼罪的話……」

青兒不自覺地問出這個問題，皓歪著頭「喔？」了一聲。

然後，他笑得像怒放的白牡丹一般明豔。

「到時就會有百妖在等著你。」

此時，青兒才明白為什麼這位少年穿著印有牡丹花的和服。

那是在暗示少年的身分——百禍之王。

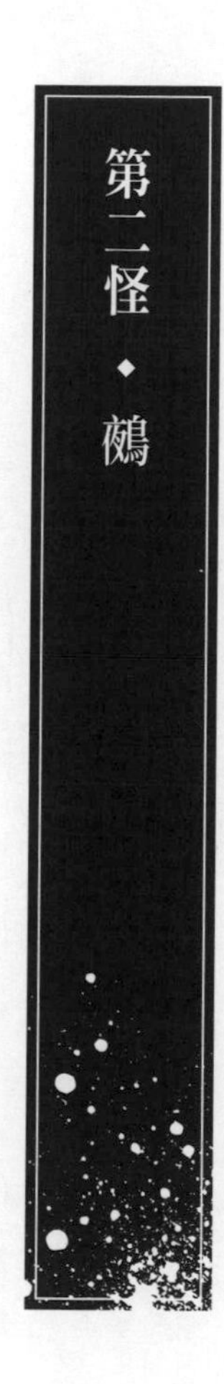
第二怪◆鵺

又迷路了。

這已經是第幾次了？穿過幾條路，轉了幾個彎，但是走到哪都看不到人，兩旁住家每間都靜悄悄的。

被稱為「大禍時」的黃昏天空下，放眼所見的一切都像是紅黑二色的皮影戲。

青兒已經住進那間屋子兩個月，到現在都還沒摸熟周邊的路，但他又覺得只要像這樣迷路了就一定能找到屋子。

青兒知道皓的真實身分是妖怪老大——正確說來應該是妖怪老大的繼承人——之後，還是照樣過著悠哉的生活。人是很現實的，雖然他一開始嚇得躲在棉被裡發抖，但隔天早上坐在餐桌邊，他就覺得一切都只是惡夢；下午三點吃到烤得熱騰騰的點心，本能的恐懼就被食欲驅出腦海。

這間屋子住起來真是舒服得不得了。被溫水煮熟的青蛙大概也是這麼想的吧。

（可是……）

青兒一想到自己能舒舒服服地住在那裡，只是因為還有身為助手的利用價值，就不由得感到背脊發涼。

上次那件事幾乎全是皓一個人解決的，青兒的存在意義頂多像一個巨大的擺飾。

（如果他哪天開始覺得我沒有用處……）

一想到那些可怕的念頭，青兒就忍不住發抖。

不，現在還不用擔心。

所幸在那之後一直沒有客人來訪，皓可能也漸漸忘了青兒是助手，只把他當成食客……或是寵物。說到這個，年紀看起來比青兒小一輪的皓，似乎把他當成智商和貓狗相仿的生物，因為皓總是無微不至地照顧他。

青兒好歹是個成年男子，面對這種處境當然頗有微詞，但是皓今天對他說「你可以幫我去超市買個東西嗎？找回來的錢可以給你當零用錢」的時候，他還是毫不遲疑地一口答應。

因此青兒的日子過得非常平順。

「我回來了～」

好不容易回到家，青兒看見那棵巨大的白花八角已經開出鈴狀的花苞。又小又硬的花苞在寒風中顫動，像是引頸期盼春天的到來。

「皓，我買回來了。咦？」
書房的門開著，青兒一看到房內就發出驚呼。皓和平時一樣坐在桌前，坐在他對面的是青兒從未見過的人。
「你回來啦。現在剛好有客人。」
「呃，難道就是你之前說的那個……」
「是啊，第二十四人。」
青兒在一旁坐下，戰戰兢兢地問道。皓乾脆地回答，然後接過超市袋子，「一、二、三……」數著裡面的蘋果。「喔，數量沒錯。搬這麼重的東西回來真是辛苦你了。」說完還摸摸青兒的頭。看來皓確實把他當成狗。
「請問這位是……？」
「他是遠野青兒，妳把他當成像助手之類的東西就行了。」
皓漫不經心地把青兒貶低成「之類的東西」。
「我是獅堂凜子，還望您記住。」
這位客人給人的印象就像一位嬌貴的千金小姐。
她的年紀大概和青兒差不多，身穿黑底蔓紋的高雅綢緞和服，梳理得整整齊齊的黑髮長及腰間，五官如京都人偶一般雅致秀麗，但她看著青兒的眼神十分冰冷，彷彿在看某種低等生物。

「這位客人是五百扇香織小姐介紹來的。」

「呃，那是誰啊？」

青兒小聲地詢問，皓同樣壓低聲音回答：

「過去某樁生意的相關人士，也是送這間屋子給我的人。」

「啊？」

「表面上是謝禮，說穿了就是遮口費，因為越有錢的人越不喜歡家醜外揚。」

青兒簡直不敢置信。沒想到他這段日子的生活開銷都是來自遮口費。

皓不理會驚慌的青兒，微笑著轉向凜子。

「所以凜子小姐也是聖加大利納女學院的學生啊？」

「是的，我現在是大學三年級。這陣子學校放春假，我就回家住個幾天。」

「大學的假期都很長呢。」

說到聖加大利納女學院，可是當今少見的貴族女校。既然連青兒都知道，那肯定是很有名，雖說他也只是從網路留言板看來的。

這位貨真價實的千金小姐找上門來，卻是為了收妖。
「我想請您去收拾鵺。」
啊？鵺？
「我記得有一齣能劇也提過鵺，就是世阿彌的——」
「能劇？是不是戴著奇特面具的那種？」
「青兒。」
皓的語氣彷彿在喝斥他進狗屋，他只好乖乖閉嘴。沒用的狗就該安靜點。
「鵺是《平家物語》裡出現過的妖怪。源賴政射殺鵺的故事相當有名，世阿彌也用這個題材寫了謠曲。」
「是的，在我家作祟的就是鵺。」
「可以請妳說得詳細一點嗎？」
凜子輕輕點頭，接著說道：
「事情是發生在四年前。」
獅堂家的主人——凜子的父親風曉，以及年僅二十四歲就成為父親的左右手——凜子的哥哥曉希人，兩人在高速公路上發生車禍。

坐在後座的父親當場死亡。坐在駕駛座的哥哥被車子壓到左半身而受重傷，性命垂危，後來卻奇蹟似地復原。雖然還是留下手腳麻痺和聽力受損的後遺症，但至少生活作息不成問題。

可是……

「出車禍之後，哥哥簡直像是變了一個人。」

曉希人從前個性溫和，在那之後卻變得非常暴躁，他會突然大發雷霆，氣到完全失控。旁人都怕他怕得要命，覺得他像一隻發狂的野獸。

「是高級腦功能障礙吧。」

「是的，醫生的診斷結果也是這麼說。」

青兒不解地歪頭，皓小聲地對他解釋：

「那是一種創傷後遺症。即使表面上已經復原，但因為大腦受到損傷，所以無法控制暴力的衝動和情緒。」

「那、那可就糟糕了。」

曉希人病發之後性格迥變，他的家人想必很辛苦吧。

「可是父親過世後，哥哥就是一家之主，必須儘快成家才行，所以家人就幫他找來一位遠親的小姐。」

凜子言畢，從放在腿上的手提包裡拿出一張照片。

那是在神社舉行的婚禮，新娘穿著白禮服加白頭飾，緊張得臉色蒼白，但長相純真清秀，感覺她應該很適合天真爛漫的笑容。

不過她太年輕了，年輕得過分。

「她叫清白，舊姓椋橋，當時十六歲。」

「十、十六歲！」

這已經違法了吧？搞不好人家連初戀都還沒談過。

「大嫂如此年輕就要協助哥哥，負擔實在太重，後來就得了心病。兩年前，她自己把臉湊進火盆，受到嚴重燒傷，但還是沒死成，所以她又用裁縫剪刀割開自己的喉嚨。」

這種死法也太悲壯了。

「她死得非常悽慘，雙眼慘白混濁，整張臉都燒成焦炭，更詭異的是，她的身上還披著和服外衣。」

「那是不是和某個特別的回憶有關呢？」

「我也不知道。那件衣服是喜歡古董的哥哥送給她的，聽說是大正時代的作品，平時都是掛在展示架上。」

「所以清白小姐在自殺之前，還先把外衣從衣架拿下來披在身上……」

「不，正好相反。」

「相反？」

「神智失常的大嫂把自己燒傷後，母親就在旁邊照顧她，但她趁母親去請醫生時把外衣拿下來，披在身上，然後從針線盒拿出剪刀自殘。」

「……這樣啊，我明白了。」

青兒一想到那種死狀就不禁發抖，若是親眼看到那個情景，他一定會作一輩子的惡夢。

「之後哥哥也得了心病，家裡就把他託給經營醫院的親戚照顧，讓他去遠方療養。據醫生所說，大嫂當時已懷有身孕。」

「這……」

真是太令人唏噓了。清白一定死不瞑目吧。

「所以是清白小姐的怨魂變成了鵺嗎？」

「是的。大嫂自殺的離館裡開始傳出鵺的叫聲。『唏～唏～』地叫著，簡直像臨死前的哀號。」

好可怕。如果青兒聽到那個聲音，一定會被嚇死。

「鵺是從什麼時候開始叫的？」

「三個月前。」

「喔？清白小姐不是兩年前就過世了嗎？」

「大嫂死後不久，家裡請來住持做法事驅邪，住持說只要封鎖離館就不會出現鬼怪作祟，當時我們也照著做了。」

「後來發生了什麼事？」

凜子似乎咬了嘴唇。她的眉頭皺起，透出一絲焦慮。

「三個月前，哥哥從療養中心回來。他不聽家人勸阻，硬是要打開離館。鵺就是從那時出現的。」

「這個……」

這也難怪凜子會生氣。

「不能請住持再做一次法事嗎？」

「住持去年中風了，現在連說話都沒辦法。」

真是屋漏偏逢連夜雨。

「結果這三個月一直發生像是妖怪作祟的不幸事件。」

「譬如呢？」

「去年年底，我們家族經營的一間子公司倒閉了。過年之後，母親因心律不整而昏倒住院，還好只是暫時的，很快就出院，但是可能有慢性心臟衰竭的問題。還有上個月，訂好的親事取消了。」

青兒很想問：「誰的親事？」但他立刻制止自己，因為他發現凜子臉上掛著自嘲的笑容。接連碰上這麼多不幸的事，也難怪她會相信有鬼怪在作祟。

「妳為什麼覺得作祟的是鵺呢？」

「嗯？」

「妳應該沒有親眼看到吧？光憑聲音就認定是鵺，會不會太輕率一點？」

這個問題很合理，但凜子露出不以為意的微笑說道：

「鵺的聲音不是很像女人的哀號嗎？」

怎麼回事？

青兒背脊發涼，全身發抖。他有一瞬間覺得眼前的千金小姐，彷彿變成可怕的妖怪。

「那我什麼時候方便去府上拜訪呢？」

「明天也行。」

「這麼急啊？」

皓難得露出訝異的表情。

一問才知道，凜子家位於群馬縣的山裡，車程大約兩小時。算是一趟小旅行了。

「很抱歉提出這種無理要求。如果您不嫌棄的話，我可以派車子來接您。」

「沒關係，不用這麼麻煩，我們家已經有優秀的司機。」

凜子露出遺憾的表情，用懷疑的目光看著青兒。其實負責開車的是紅子。

「喔，這樣啊。」

「請您務必要除掉鵺，那東西太礙眼了。」

凜子冷冰冰地說完，便起身離開。

就在此時。她裹在墨色和服裡的身軀突然變成一條粗如樹幹的大蛇，披著閃閃發光的白色鱗片，在地毯上爬行。

「咿！」

青兒立刻把腳縮到椅子上，嚇得閉緊眼睛。他自從小學時代在動物園看過餵蛇表演之後就一直很怕蛇。

有一隻手拍拍青兒的頭。

「她已經走了。」

青兒睜眼一看，只看見笑容滿面的皓，凜子已經不在。

在那之後——

「是蛇嗎……」

聽完青兒的描述，皓一臉意外地盤起雙臂。

「很奇怪嗎？」

「不，不是奇怪。外表像蛇的妖怪有很多，譬如『蛇帶』和『濡女』。最有名的應該是《道成寺傳說》裡變成蛇的清姬吧。不過本來說是鵺，現在看到的卻是蛇，應該還有其他的可能性。」

皓歪著頭沉吟。

「也罷，不入虎穴焉得虎子，去看看就知道了。」

皓說完之後放下雙手，露出惡作劇般的笑容。

「首先得解決鵺。」

*

車子開了兩個半小時。

紅子駕駛著迷你路華在蜿蜒的山道上奔馳，翻過這座山就到達目的地。

從高處往下看，可以看到村子的大部分是山林，層層疊疊的山嶺之間只有稀稀落落的少許平地，看起來像一顆顆黏在岩石上的藤壺。

「獅堂家自古以來就是負責管理村中事務的大地主，這一帶山林都是他們的，也有很多學校醫院之類的公共設施是靠著他們出資或捐贈才能經營下去，所以獅堂家到現在還是很有地位，有點類似治外法權。」

紅子邊開車邊說明，聽起來她一點都不累。

和青兒一起坐在後座的皓不時應著「嗯、嗯」，從車窗鑽進來的風吹得他瞇起眼睛，如同貓在休息時的表情。

「說得難聽點就是井底之蛙吧。這是古早時代留下的遺物。」

這個人講話真是尖酸。

青兒身為食客，當然也很想聽聽皓對自己有何評價，但他總覺得知道以後多半會被打擊得一蹶不振，所以不問也罷。

「喔，好像到了。」

車窗外是一片人煙稀少的鄉村風景。

在高高低低的林木之間開闢出來的梯田小徑上還有一些積雪，看起來亮晶晶的，如鏡子般映出了天空。此處雖然風光明媚，但是等在他們前面的並不是天然溫泉或鄉土料理，而是作祟的妖怪。

「說起來還真奇怪。」

「什麼事？」

「就是鵺和作祟啊，怎麼會有人相信這些事呢？」

沒想到在現代，而且是距離首都只有兩個半小時車程的地方，竟然還有成年人會怕妖怪作祟，怎麼想都很詭異。

「呵呵，那鵺就交給你去對付吧。」

「啥？」

「開玩笑的。我想或許是因為地點吧。」

皓說著「你看」，指向那座像是繪畫裡武士宅邸的豪宅。漆黑瓦片砌成的屋頂既顯眼又威風，像一隻悠哉趴著的巨獸。

「啊，對耶，說得也是。」

這樣的地方就算棲息了一、兩隻妖怪也很合理，甚至可以說「連一隻妖怪都沒有」反而讓人不敢相信。

「那我先告退了。」

「好，辛苦妳，回去時小心點。」

車子剛停在大門外沒多久，紅子就掉頭離開。青兒看到副駕駛座上放著旅行袋，原本以為她也要一起來，結果她卻回去了。

「好，我們走吧。」

皓一副理所當然地空著手下車，青兒趕緊跟著他穿過威嚴氣派的瓦頂大門。

青兒提著兩個沉甸甸的旅行袋，走過打掃得一塵不染的石板道，走進種著巨大櫻花樹的前院。看來還要過些時日才會開花，樹梢上的花苞在風中瑟縮著身體。

樹後突然竄出一團東西。

「喔，是來迎接我們的嗎？」

一隻貓豎著尾巴貼上來，皓彎下身子摸摸牠的背。

「呵呵，貓也挺可愛的嘛。」

「你想養嗎？」

「唔，不知道耶，家裡已經有青兒了。」

原來他和貓是同等級的。

「對了，貓還挺好吃的唷。」

「呃？」

皓把貓抱到腿上，搓弄著牠的腳掌，瞇著眼睛說：

「還有人把貓稱作『陸河豚』呢。可是用水煮會有很多浮沫，料理起來很麻煩。改天再請紅子煮吧。」

「不、不用了！」

他到底是說真的還是在開玩笑？

青兒趁著這隻貓還沒被煮成火鍋，趕緊把牠從皓的懷中抱過來，貓卻跳到地上，拱著身體對他齜牙咧嘴，真是忘恩負義的畜生。

「哎呀，您已經到了啊。」

凜子從捲棚式屋簷的豪華玄關走出來。她穿著和這背景很相襯的和服，儼然是位傳統豪門的女主人。

「歡迎。您願意接受我這麼突然的要求，真是太感謝了。」

「哪兒的話，我才要謝謝妳的招待。」

在一段例常寒暄之後，皓摸了摸又黏上來的貓咪的頭。

「這隻貓真可愛。牠叫什麼名字？」

「牠叫做三毛子。」

「《我是貓》鄰家的那隻貓？我記得那是一隻年紀很小就感冒夭折的母貓。」

「是啊，不過這是虎斑貓，而且年紀很大了，還是隻公貓。真是太滑稽了。」

凜子的語氣中含有埋怨之意，表情也浮現嘲諷般的冷峻。

「這個名字是誰取的？」

「我的二哥風見男。」

「喔？妳還有另一個哥哥啊？」

凜子點頭答是，還不悅地嘆一口氣。

「他一時興起撿了這隻貓回來，自己卻從來不照顧，真是個比貓更遊手好閒的人。」

「喔，說得真嚴厲。」

「他重考三年才考上大學，畢業後又找不到工作，已經夠丟人現眼了，竟然還大言不慚地說要當小說家。連貓都比他有用多了，至少貓會抓老鼠。」

青兒沒想到會在這麼偏僻的鄉下發現同類。

看來沒出息的男人，無論在哪裡都會受人唾棄。凜子尖銳的發言讓青兒有點傷心，皓察覺到他的反應，安慰他說：

「沒關係啦，你至少還有自知之明啊。」

……這根本是在傷口上灑鹽吧？

「這個房子裡住了多少人？」

「包括住在這裡的幫傭在內，總共有五人，還有一位通勤的傭人。他們從我父親那一代就開始在我們家工作，都認識二十年以上了。」

「所以你們家裡有四個人：長男曉希人、次男風見男、長女凜子，還有……」

此時一輛計程車停在大門外，走下來的是身穿和服、體型豐滿的婦人。

「我的母親鶴子。」

凜子簡短地說完，沿著石板路小跑步過去，接著門外傳來母女二人說話的聲音。

「妳又在大白天喝酒了。」

「哎呀，別說得這麼難聽，只是小酌兩杯罷了。人家請我參加開幕派對，我怎麼可以不喝呢？」

「聽起來只是喝酒的藉口嘛。」

「是是是，我知道了啦。這孩子真不可愛。」

她雖然嘴上抱怨，但仍聽得出語氣裡對女兒充滿愛和信任。

不過……

從門外走進來的竟是一隻穿著外出和服、全身毛茸茸的狸貓。

「狸、狸貓？」

青兒忍不住喊了出來。

用兩隻腳走路的狸貓疑惑地盯著青兒，但牠下一秒鐘就變成一位身材豐滿的中年婦人，看得出來她年輕時應該和凜子很像，不過因為攝取過多的鹽分和酒精而顯得不太健康。

「這些人是誰？」

「這是靈能師西條皓先生和他的助手，他們要在這裡住個兩、三天。」

「……靈能師？」

鶴子夫人滿腹狐疑地皺起眉頭，叫他們來對付鵺顯然是凜子一個人的決定。

「是我請他們來的，我可不想看到妖怪繼續在家裡作祟。」

「妳怎麼可以擅作主張呢？都不跟曉希人商量一下！」

「說夠了沒啊！也不想想一開始是誰害的！」

凜子忘形地吼道。

就在此時——

唏！屋內傳出一聲女人的尖銳哀號。

聽起來很痛苦、很寂寞，像是從五臟六腑擠出來的怨恨和悲嘆。

不，不對，那是……

「喔，果然是鵺。」

皓喃喃地自言自語，青兒頓時豎起寒毛。凜子和鶴子夫人都僵在原地，愕然地面面相覷。

只有皓一個人朝著發出聲音的方向走去。

「青兒也一起來吧。」

青兒本來想悄悄逃走，被皓這麼一叫，只好不甘願地跟過去。

他們經過一口有小橋的池塘，穿過假山和松樹之類的園林，沿著鋪了零星石塊的小路走向深處。

「那應該就是離館。」

他們來到以一條穿廊連接著主屋的離館。從建築樣式看來應該是用茶室改裝的，周圍環繞著露天的平台。

「啊！」

紙門突然拉開，裡面出現一道人影。

那是年近三十的男性，他穿著漆黑和服及深紫灰色外衣，簡直像一團黑影。

這人就是獅堂家的當家——曉希人。

轉眼間，他突然變成一隻老虎。

結實隆起的肌肉、閃著寒光的牙齒、凶惡的眼神，牠的四隻腳把露天平台踩得吱軋作響，往穿廊的方向走去。

「嗚、哇、呀！」

青兒不由得往後退，卻不小心絆到石板，摔了一跤。但曉希人毫無反應，看來他的聽力真的有問題。

「原來是老虎啊。」

「咦？你怎麼知道？」

皓一面朝著跌坐地上的青兒伸出手，一面悠哉地說。聽到青兒訝異反問，他只是瞇起眼睛望向離館，像貓一樣發出呼嚕聲。

然後……

「這裡果然是鵺的巢穴。」

*

凜子為他們準備的客房是位於二樓的四坪房間。

房內的擺設簡單樸實，但光澤明亮的黑檀矮桌和壁龕裡的瓷盤——皓說那是伊萬里瓷器——在在都透露著豪宅的氣息，讓青兒這個小老百姓待得不太安穩。其實光是沒被鶴子夫人趕出去就已是萬幸了。

他們把行李放在壁龕旁邊休息了一下，名叫古橋利江的幫傭便端來豪華晚餐。飯菜擺上桌之後，青兒正迫不及待地拿起筷子，天空突然烏雲密布，隨即淅淅瀝瀝地下起雨。青兒心想這種季節也有陣雨啊，只聽雨聲越來越大。

「這場雨下得真大。」

皓望著關上的凸窗說道。

「是啊，剛才天氣還好得很耶。」

「氣象預報說春季暴風快來了，還好我們來得早。」

他們真該好好感謝紅子。

然後……

「對了，關於你看到的怪物。」

皓一面伸手去夾山菜天婦羅一面說道。

「凜子是蛇，鶴子夫人是狸貓，曉希人是老虎，那次男風見男應該是猿猴吧。」

「呃？你怎麼知道？」

「我猜這四人共同代表著一隻妖怪。蛇、狸、虎，再加上猿，就成了鵺這種妖怪。」

啊？什麼意思？

「鵺具有四種野獸的特徵，頭是猿猴，身體是狸貓，尾巴是蛇，腳是老虎，這就是鵺。」

「呃，所以呢？」

「就是說獅堂家藏著『鵺』這一條罪，而他們一家四口都是共犯。」

「咦？這麼說來……」

「是的，獅堂家的每個成員都是該下地獄的罪人。」

青兒感到一陣寒意，不禁縮起身子。他似乎不知不覺走進魔物的巢穴。

但是……

「咦？那麼在他們家裡作祟的鵺又是怎麼回事？」

「喔，那應該是另一回事。反正已經知道牠的所在，等一下就去除掉牠吧。」

「等一下，你怎麼可以說得這麼輕鬆啊？」

「沒事的啦，那玩意兒不會害人。」

有不會害人的妖怪嗎？青兒心中充滿疑問卻沒有說出口，只是默默地夾起蝦丸。菜餚煮得很入味，真好吃。

「哎呀？」

皓突然停下筷子，抬起頭來。

「我聽到引擎聲。」

「啊？有嗎？」

皓緩緩站起身，拉開紙門，在傾盆大雨中看到大門外有一輛亮著車燈的計程車。

「哎呀……」

皓喃喃說著，眼神似乎有些徬徨。他難得露出這麼訝異的表情，該不會是看到熟人吧？

（咦？）

青兒一看到從車內走出來的人，不知怎地就開始發抖。

有什麼東西在那裡。

他不由得這樣想。彷彿赫然發現有隻野獸從黑暗之中悄悄逼近。

最後，他們看到一位穿著西裝、紳士打扮的人。身材高瘦的男人在大雨之中悠然走進大門時，突然停下腳步，抬頭望來。

——四目相交。

這一瞬間，男人的雙眼似乎睜大一些。

那人捏著帽簷稍微一抬，像是在打招呼，然後嘴角微微上揚。

他在笑。

青兒注意到他的表情，然後引擎聲匆匆離去，剩下的只有雨聲。應該站在那邊的人也看不見了，如同被黑暗吞噬。

「……剛才那位……」

青兒正想問那個人是誰。

「看來暴風快要來了。」

皓喃喃地自言自語。

「打擾了。」

紙門拉開，出現的是幫傭古橋。她跪坐在地上，用畏縮的眼神看著他們。

「很抱歉打擾兩位用餐，曉希人先生請你們過去一下。」

*

跟著古橋走到一樓，就聽見雨聲越來越大，彷彿是一桶一桶地潑下來。

他們走進一間大廳，凜子和鶴子夫人已經在裡面，但是沒看到最關鍵的曉希人。母女二人似乎毫不在意青兒兩人的到來，依然低聲說著話，表情看起來很凝重。

「看這氣氛似乎不太適合發問。」

「……是啊。」

青兒點點頭，和皓一起坐在下座。

背後的紙門開啟，出現一隻毛茸茸的怪物。

「啊！猿……」

青兒差點叫出「猿猴」，趕緊把話吞回去。他拚命對皓使眼色，皓輕輕點頭，應該是明白了。

那是獅堂家的次男風見男，乍看眉清目秀，但是從陰沉的黑眼圈可以看出他不善養生。他給人的感覺就像細膩敏感的文學青年再老個十來歲，或許青兒不久之後也會變成那樣吧。

最後一個拉開紙門走進來的是當家曉希人，低語聲戛然而止，大廳內充滿雨聲。

「蛇、狸、虎、猿，這下子全都到齊了。」

皓神情愉快地說道。

獅堂家的罪人們已經齊聚一堂。

接著……

「打擾了。」

外面卻又傳來聲音，接著紙門被猛烈地拉開。

「抱歉我遲到了。換衣服花了一點時間。」

走進來的青年穿著和這場景很不搭的西裝。

他的年紀和青兒一樣是二十出頭，穿著合身的英式西裝，頭戴軟呢帽，還裝模作樣地拿著一根細長的手杖。他五官細緻，十分英俊，但那過度筆挺的站姿感覺就像舊時代的電影明星。

簡單用一句話形容，就是個故作瀟灑的討厭傢伙。

「你、你是誰啊？」

「不好意思，我是做這行的。」

他轉向一臉驚訝的鶴子夫人，唰地一下拿出一張名片。黑色質地的名片上以燙金字體寫著「凜堂偵探社」。

「凜堂偵探社？難道就是那個？」

「妳指的是哪個？」

看到鶴子夫人一臉困惑的樣子，自稱偵探的青年戲謔地歪起腦袋。

「聽說凜堂偵探社有個很厲害的偵探，只要他出馬沒有解決不了的案子，但是每次都一定會出人命。我還聽說死的全都是壞人。」

「是的，我就是凜堂棘。請妳記住了。」

他乾脆地承認，同時以優雅的姿勢行了個禮。

青兒對這個名字有些印象，不禁「啊」了一聲。

（招來死神的偵探！）

他在佐織的部落格上看過這則都市傳說，沒想到真有這個人。

鶴子夫人比青兒更震驚，她直起上身，慌張得令人同情。

「你、你想做什麼？為什麼來我們家？」

「這個嘛，是你們當家委託我今晚過來的。拜此所賜，搞得我全身都濕了。」
他邊說邊輕輕聳肩。
「我想請教一下，你為什麼找我來呢？」
被他問到的曉希人垂下目光。他的耳朵戴著耳背式助聽器。
「我發現清白在兩年前寫給我的信。」
現場安靜了幾秒鐘，沉默彷彿會永久延續下去。
曉希人的視線慢慢掃過在場眾人，最後停在青兒的旁邊。風見男臉色蒼白，就連放在腿上的雙手都在顫抖。
不對，驚慌的不只有他。鶴子夫人突然站起來。
「怎、怎麼可能嘛，都過這麼久了，為什麼又提起那件事？」
她的聲音悽慘得如同哀號，卻沒有得到回應。
曉希人彷彿戴著面具般面無表情，淡淡地說：
「信中寫了她必須要死的理由。明天早上我會把這封信交給凜堂先生，揭露在這個家裡發生的所有事情。」
「曉希人！」

鶴子夫人斥責似地叫道。

「你、你到底想做什麼？你想把父親交給你的這個家搞成什麼樣子！」

這是站在母親的立場所說的話語。一家之主及家庭成員的關係，瞬間恢復成普通的母子。

聽到這句質問，曉希人對鶴子夫人俯身一鞠躬。

「您只剩今晚可以擔心獅堂家的命脈，天亮以後，這個家就會被鵺的怨念消滅。」

說完，他起身走出大廳。鶴子夫人喊著「等一下」追了過去。

「各位晚安。」

偵探留下這句玩笑般的話語，和他的委託人一樣離開了大廳。

旁邊傳來不滿的嘖嘖聲。青兒吃驚地轉頭望去，看見憤怒得幾近憎恨的凜子正好站起身。

還留在大廳裡的只有愣愣發抖的風見男，以及從頭到尾都置身事外的青兒和皓兩個人。

「呃，現在是什麼情況？」

「……意思就是要開戰了。」

*

青兒一回到客房，就覺得全身虛脫。

這簡直是橫溝正史筆下會出現的沉重情節，令他這個現代人幾乎無法負荷。

「其實我從頭到尾都聽不懂。」

「憑你的腦袋，聽不懂也是應該的。」

聽到青兒的喃喃自語，皓一臉同情地答道。

這個人彷彿永遠都站在天頂俯瞰一般高高在上。

「話說回來，那個凜堂棘是什麼人啊？」

「簡單地說就是同行。」

「咦？所以他做的也是『地獄代客服務』囉？」

「或許可說是我命中注定的對手吧，但我真是不明白。」

皓很罕見地盤起手臂，一臉苦惱的樣子。他和「勁敵」、「宿命的對決」這些少年漫畫風格的字眼感覺確實不太搭調。

「我之前跟你說過，我的父親是魔王山本五郎左衛門，而那傢伙的父親則是另一位魔王神野惡五郎。」

所以現在的情況是兩位魔界王子在一個屋簷下碰頭了吧。

「追根究柢，《稻生物怪錄》的故事就是始於『魔王』山本五郎左衛門和『惡神』神野惡五郎之間的對決。他們說好，先嚇到一百位勇敢少年的一方就是真正的王者。」

這場比賽是山本五郎左衛門占了上風。

但是當他進行到第八十六人時遇上稻生平太郎。這名少年完全不為所動，以致山本五郎左衛門功虧一簣，因此就讓雙方的兒子繼續比賽。

「嗯？等一下，在剩下十四人的時候又從頭開始，那不就等於輸了嗎？為什麼會是平手？」

「說起來很慚愧，我父親是胡攪蠻纏的天才，他一定是硬要人家承認平手吧。」

聽起來不是一個評價多高的人。可以的話，青兒希望永遠不用見到他，但胸中不知為何隱隱感到不安。

「就這樣，兩個魔王的對決就由雙方的兒子接手，可是要怎麼分出勝負呢？這時閻魔大王就提出地獄代客服務的方法。」

率先揭露一百個惡人的罪行並把他們打入地獄，便能獲得魔界之王的名號。閻魔大王如此宣布，還自願擔任比賽的評審。也就是說，這是一場推理比賽。

……但青兒無法不懷疑閻魔大王只是想把工作推給別人。

「唔……所以你一直在和凜堂棘競爭嗎？」

「是啊，我正在努力達成業績。」

「……你是不是落後了？」

「喔？沒想到你這麼敏銳。」

「我就知道是這樣。你的日子過得太悠閒，這兩個月連一個客人都沒上門吧？」

「呵呵，是你多心了。」

皓若無其事地笑著回答。他鐵定是在說謊。

「現在事情變得很麻煩，這個家窩藏的罪行只有你看到的『鵺』，來制裁罪人的鬼卻有兩隻，這下子不知道要算在誰的帳上。」

「先出手的獲勝嗎？還是要猜拳？」

「應該會有人來解釋吧。」

青兒正想問誰會來解釋……

鵺的叫聲撕裂了夜晚的靜謐。

青兒驚訝地站起來，皓也走到窗邊拉開內側的紙窗。

春季暴風大概提早結束了，空中的烏雲漸漸散去，皎潔的半月探出頭來。

雨水沖刷過的林木騷動起來，月光籠罩的窗邊浮現一條藍色的魂魄，看起來如同一團火焰，接著慢慢凝聚成人形。

兩人面前出現一位穿著平安時代服飾的男性。

他的容貌英挺俊朗，坐姿輕鬆自在，卻有著岩壁般的魄力。他的身高媲美外國的籃球選手，至少超過一百八十公分。

「久未問候，我奉閻魔大王之命前來。」

「喔，是篁啊。看見你別來無恙真是太好了。」

「皓大人也還是一切如舊。」

看來這兩人是老相識。既然皓能接受他突然冒出來，想必兩人交情應該不錯。

「喔？這位是？」

「他是遠野青兒，基於某些理由正在我家當食客。」

這下子青兒連「助手」的頭銜都被革除了。

「這是小野篁，他是出生在平安時代的才士，死後在冥府擔任要職。」

「好說好說，只是個小官罷了。」

「他生前就已經是閻魔大王的參謀，白天在朝廷工作，夜裡就從通往冥府的水井去地獄出差。」

哇，竟然可以不分晝夜地兼任兩份工作，真是所有公司奴隸的典範。

青兒忍不住用崇拜的眼神看著篁，篁只是低下頭去，靦腆地笑著。唔，這個人還挺不錯的。

「言歸正傳吧，我來此是要向皓大人說明這次的情況。」

「是先搶先贏嗎？」

「最直接的說法就是這樣。率先揭露所有罪狀、做出審判的人就算獲勝。」

「呃，可是凜堂棘的雇主是獅堂家當家耶，這樣我們不是很吃虧嗎？」

青兒冒昧地插嘴問道。他在網咖之間流浪時，去便利商店白看書已經成了每天固定行程，所以他對「以性命相搏」、「一對一單挑」之類的情節相當著迷。

「我明白比賽必須公平，不過我用淨玻璃鏡確認過了，雙方得到的資料並沒有太大的差別。」

「這樣啊，我知道了。辛苦你特地跑這一趟。」

皓聽了篁認真的回答後，理解似地點點頭。如同往常，狀況外的依然只有青兒一個人。

「那個，淨玻璃鏡是什麼？」

「和雲外鏡一樣，也是一種魔鏡，它記錄了這世上發生的一切大小事。」

魔鏡還真是方便的工具。

「我想您應該已經很清楚，如果罪狀和審判有誤，處罰就會落在裁決者的身上。這點還請您多注意。」

「我會銘記在心。」

「比賽從明天正式開始。今晚請兩位盡量不要外出。」

「我知道了。」

此時篁的眼神變得柔和許多，大概是已完成任務。

「那我先告辭了，祝您好運。」

他恭敬地鞠躬，然後就消失不見，走得如燭火熄滅般安靜。

皓正悠哉地揮著手，卻突然停止動作。

「喔？鵺的叫聲停下來了。」

此時青兒突然渾身發抖。這是因為四周突然安靜得如同墓地，讓他有種不祥的感覺。

「真令人在意。」

「什麼事？」

「他為什麼說『從明天開始』？說不定今晚還會發生什麼事吧。」

說完，皓拍了一下手。

「對了，青兒，我可以拜託你一件事嗎？」

*

這是個夜色濃重的暗夜。

在沒有出口的黑暗中，半月孤零零地懸掛在雲間，看起來像舞台的背景。最讓人難以忍受的是……

「好、好冷……」

雖然已是初春，但山裡的夜晚還是很冷。

青兒穿著羽絨外套、圍巾、羊毛手套這身全副武裝，點菸時手還是冷得發抖。他覺得自己就像是賣火柴的可憐少女。

不過他還是縮在杜鵑花叢裡，抓著如救命繩索般的暖暖包，認真地監視著離館。

一個小時之前……

「咦？監視？可是小野篁不是叫我們不要外出嗎？」

「沒事的，他指的是我和凜堂棘，跟你沒有關係。」

「真、真的嗎？」

「……大概吧。」

「喂！」

「情況確實很不對勁，如果可以防範於未然，當然不能坐視事情發生。」

——因為下地獄的罪人能少一個是一個。

聽到最後一句話，青兒終於明白為什麼皓會居於劣勢。既然如此，他當然很樂意助皓一臂之力。

說是這樣說，但才剛下過雨，地面濕答答的，青兒只能忍著腰痛蹲在地上。現在差不多是晚上十點，離館沒有任何人進出，也聽不見裡面有任何聲音。

「唉，真累。」

天真的會亮嗎？他覺得清晨好像越來越遙遠。

「咦？」

離館的燈光突然熄滅。

沒有人走出來，曉希人大概就寢了。

青兒也很想鑽進溫暖的床鋪，但還要八個小時才會天亮。他心想，至少要找個比較舒適的地方來監視。

「嗯？對了。」

他想到一個好點子。

離館四周圍繞著露天平台，如果鑽到平台底下，至少可以擋風，而且待在穿廊前的位置，若是有人進出就會聽到腳步聲。

「好。」

既然決定了，立刻實行吧。

青兒鑽進穿廊附近的平台底下。水泥基座待起來舒服許多，還可以當成石床躺下來。

可是……

大概因為心情比較放鬆，睏意一下子湧出來。稍微打個瞌睡應該沒關係吧？

如果有人經過穿廊，平台會發出吱吱嘎嘎的聲響，頭頂傳來這麼吵的聲音一定會被驚醒，就像是天然的鬧鐘。

只是睡一下子而已——青兒在心中默默說著，輕輕閉上眼睛。

沒錯，只是一下子而已……

＊

……鼾。

沙沙。

一個濕濕熱熱的東西貼在臉上，把青兒驚醒了。他一睜眼，就望見兩顆渾圓的眼睛貼在自己臉前。

「哇！」

他嚇得發出尖叫，一條黑影從他的胸口跳下來跑走。是貓。

「咦？這裡是……啊！」

青兒急忙起身，結果腦袋狠狠撞了一下，至此他才想起自己躺在穿廊前的平台底下。那麼，從木板之間透進來的光線是……

「啊，睡過頭了！」

他看看手機，現在是早上六點。所以他一不小心就睡了八個小時？後來離館發生了什麼事呢？

「嗯？」

青兒從平台底下爬出來，眨眨眼睛，戰戰兢兢地望向離館。

（奇怪？紙門……）

紙門打開了一條細縫。

那條縫隙彷彿在引誘人過去，讓青兒感到一陣不安。

剛才那隻虎斑貓跳上平台。是三毛子。牠用前腳稍微推開紙門，咻地鑽進去。

「啊！站住！」

青兒忍不住叫道，但屋裡沒有任何反應。難道曉希人還在睡嗎？或是他拿下了助聽器？

（……怎麼回事？）

胸中越來越焦慮。

到了這個地步，他終於下定決心，躡手躡腳地靠近紙門，偷偷往裡面張望。

「咦？」

出現在他眼前的是一隻老虎的屍體。

這是如書齋般的日式房間，正面底端的牆上有一扇紙窗，虎屍的腳朝向窗戶趴在地上，擱在身旁的手朝著關節的反方向扭曲。

露出尖牙的嘴。顏色混濁的金色眼睛。

奇怪的是，榻榻米上散落著醫院開的藥袋、鋁箔包裝、幾顆藥片，此外還有空的威士忌酒杯。

看起來簡直像是老虎吞藥自殺了。

「……咦？」

轉瞬之間。

散發著黯淡金光的眼眸，變成黑白兩色的人類眼睛。

「啊、啊啊、啊……」

布滿黑色條紋的黃褐色毛皮，逐漸變成一件眼熟的外衣。青兒發現那是曉希人的屍體，立刻發出驚天動地的慘叫。

*

曉希人死了。

青兒哭喪著臉跑回客房報告，皓卻一點都不驚訝。

「發生這種事真是遺憾。不過很符合你的風格就是了。」

皓還不忘損青兒一句，然後悠哉地整理完儀容才前往離館。縱使他聽到明天就是世界末日，搞不好也只會說一句「哎呀呀」吧。

或許是聽到青兒的慘叫，凜子和幫傭古橋已經來到離館。

因為曉希人的眼睛都混濁了，就算是外行人也看得出他不會再醒來，所以兩人手足無措地僵在那裡。

從她們的竊竊私語聽來，散落在地上的鋁箔包裝裡面是安眠藥和鎮定劑，那是療養中心開給曉希人的藥。

這麼說來，他果然是服藥自盡的嗎？

「喂，皓……」

青兒開口叫道，然後他才發現皓不在旁邊。

皓正在房裡走來走去、四處觀察。他在壁龕前歪著頭說「哎呀」，似乎發現了某些異狀。

（對了，我們之前從未踏進離館呢。）

像是書齋的四坪房間裡，壁龕旁的空間很罕見地設置了壁櫥。

房間底端的窗邊，有一張擺了筆筒和文件盒的書桌。旁邊的梳妝台應該是清白的東西，有著櫻紋的鏡架十分可愛。

然後……

「真美。」

皓突然發出讚嘆。

他正看著衣架，一件和服外衣如屏風般掛在上面。

大朵的牡丹花和精悍的唐獅子躍然於布料上，細緻的筆觸有著夢幻的風格，卻又十分寫實，彷彿隨時都能看見花瓣隨風搖擺，或是聽見唐獅子的吼聲。

「牡丹和唐獅子，這是紙門與和服上常見的傳統圖案。唐獅子夜晚會睡在牡丹花下，所以這是在比喻兩相契合的意思。」

「喔，聽起來真吉利。」

「但是曉希人先生送出這件衣服或許還有其他用意。」

皓這句話聽起來似乎含意深遠。

他轉身繼續調查，然後又在書桌前「唔唔」地沉吟，真希望他能解釋一下。

「我最先注意到的是助聽器和鋼筆。你看，這些東西都放在桌上的右手邊對吧？鋼筆的筆蓋是打開的，所以曉希人先生昨晚應該有寫字。這麼說來……」

他還沒說完就蹲在桌前，用左手翻開地上的坐墊。

「你在做什麼？」

「我很在意這個坐墊的位置。照理來說，曉希人先生應該是坐在坐墊上把鋼筆和助聽器放在桌上，但坐在這張坐墊的位置，根本摸不到那些東西。可以想見，一定有人移動了這些東西……啊，有了有了。」

青兒湊過來看，發現坐墊底下的地板有一塊黑色汙漬。

「這是鋼筆的墨水。」

「呃，所以呢？」

「所以我認為曉希人先生是在桌前寫字時被人襲擊的。因為他拿下助聽器，聽不到有人走近的腳步聲。說不定他平時單獨一人的時候都不會戴助聽器。」

「等、等一下！你說他被襲擊？曉希人先生不是自殺的嗎？」

青兒盡量壓低聲音，皓聽了驚訝地眨眨眼。

「我還以為你早就發現了呢。真不愧是青兒啊。」

皓露出敬佩的表情摸摸青兒的頭。

……或許他該考慮提出抗議了。

「那是有人刻意布置的。要說是服藥自殺，屍體的情況實在有太多疑點。」

「譬如說？」

「這個嘛，最明顯的是曉希人先生的屍體睜著眼睛。」

「啊！」

趴在地上的遺體眼睛確實是睜開的。

但是……

「呃，這只能代表他死前很痛苦吧？你想想，偵探片不是都這樣演嗎？中毒之後痛苦呻吟之類的。」

「如果是其他毒藥或許會這樣，但現場找到的是安眠藥和鎮定劑，這兩種藥都會抑制中樞神經，中毒的症狀是昏睡，也就是會在睡夢中死去。」

原來如此。

如果皓說得沒錯，遺體的狀況的確很矛盾。

「那麼，曉希人先生真正的死因是……」

青兒還沒問完，後面突然傳來一個聲音。

「遠野先生。」

回頭一看，叫他的人是凜子。

她雖然臉色蒼白，但眼中並沒有淚水。

「我有一件事想請教您。剛才大叫的人是您嗎？」
「是、是的。因為我不小心發現了曉希人先生的遺體。」
「為什麼您今天早上會來到離館？」
「呃？」
「您去了庭院吧？我看到您把運動鞋脫在穿廊前。」
她的眼睛真是犀利。
「不，那個，我只是出來散散步。」
「您的後腦和背上還沾了泥沙。」
「大、大礙是我睡相太差，不小心就滾進庭院裡。」
「……從二樓的窗戶嗎？」
救命啊！
皓八成收到青兒的求救信號，在一旁說道：
「聽說妳哥哥喜歡古董，看來他很有眼光呢。」
聞言，凜子露出緬懷的表情。
「大家都說有興趣則專精，哥哥就是這樣的人。他很喜歡古物和古代藝術品，而且會在日常生活中拿來使用、賞玩。成為父親的左右手之後，他經常趁出差的機會四處蒐集古董。」

從凜子苦笑的語氣可以聽出她對亡兄的感情，或許她是想要藉著聊天來沖淡心中的難過。

「壁龕裡的香爐也是曉希人先生買的嗎？」

青兒轉頭一看，有個翡翠色的香爐擺在黑檀木的底座上。香爐有三隻腳，兩隻朝向前方，半球狀的爐蓋有著精緻的雕刻。

「是的，這是他在京都的古董市集找到的。經過專家鑑定，確定是龍泉青瓷。」

「喔？那還真是一件寶物。」

青兒照例聽不懂他們的對話。

「呃，那是什麼啊？」

「龍泉青瓷指的是十三世紀之後在浙江省龍泉市製作的青瓷。這個應該是褲腰香爐。你看爐身的形狀不是很像褲子嗎？這是以外觀來命名的。」

唔……還是聽不太懂。

「具體來說，這香爐值多少錢？」

「這個嘛，若是真貨大概值三百萬圓吧。」

「咦！三……」

看起來明明只是個附蓋子的矮胖菸灰缸啊？

「你們家裡還有其他人對古董有興趣嗎？」

「我二哥風見男。但他似乎是出自和大哥競爭的心態才開始蒐集古董。」

「喔？兄弟兩人都喜歡古董啊？」

「他只是業餘的玩家，被不肖仲介商哄個兩句就會買下跟垃圾一樣的東西。」

凜子說完嘆了一口氣。

「為什麼——」

一個腳步聲匆匆接近，像是要打斷凜子的話。那是鶴子夫人。

「怎麼會這樣！」

她慘白的嘴唇發出不知是哀號還是嗚咽的聲音。凜子伸手去扶她，她還是支撐不住，跪倒在地。

「為什麼不是風見男，而是這孩子呢？」

青兒聽到鶴子夫人的喃喃自語，才知道凜子沒說完的是什麼話。她想說的應該是：「為什麼死的不是二哥？」

（這樣是不是太過分了？）

人的價值本來就不是平等的，但聽到家人說「如果死的是你就好了」，應該沒人會坦然地點頭承認「是啊」。

就在此時……

青兒察覺到後方的動靜，轉頭一看，風見男一臉蒼白地站在那裡。看來鶴子夫人說的話不巧被他聽見了……不對，說不定鶴子夫人根本是故意說給他聽的。

「你來得太晚了吧，賴床到這種時候？」

沒想到鶴子夫人堅強地站起來。青兒還以為她已經哭得滿臉淚痕，但她銳利瞪著次男的眼中沒有淚水。

「我、我……」

風見男的臉色一下子從蒼白變得通紅。那是憤怒的色彩。可是他還沒發出怒吼，背後的紙門就唰一聲打開。

「哎，不好意思，我有一點低血壓。」

出現在門後的人是凜堂棘，他完全無視在場所有人的白眼，明明遲到了還是滿不在乎地大刺刺走進來。

「啊，你們請繼續，不用在意我。」

凜堂棘無視現場的氣氛，像散步一樣在房間裡走來走去。

他先看看壁龕，發出「唔」的聲音，然後瞥向書桌，「喔喔」地沉吟，接著用手杖戳戳坐墊，挑起一邊的眉毛。跟某人的行動一模一樣。

但他的左手始終插在上衣口袋裡，感覺真討厭。

「我、我才沒有賴床。我剛才打電話給派出所所長和醫院院長，但都找不到人。」

青兒聽到這細如蚊鳴的聲音，轉頭望去，看到風見男兩手緊握，像在辯解似地說著。同樣身為米蟲屬家裡蹲科的生物，青兒自然而然地豎耳傾聽。

「一定是因為昨晚那場雨吧。」

凜堂棘突然插嘴說道。他大概檢查完遺體了，又回到壁龕前。

「我從鬧鐘播放的新聞聽到，山上發生崩塌，有幾輛車被掩埋，失蹤者名單上有一位可能是你們家主治醫生的人。警察一定也趕去那裡了。」

「偏偏在這種時候……」

鶴子夫人埋怨地喃喃說道。

的確，在眼前躺著一具屍體的情況下，聽到警察和醫生說「現在沒空處理這個」，真的會想要一巴掌揮過去。

「總之先把曉希人搬到主屋吧。怎麼能讓他在這種地方多待一秒呢？」

鶴子夫人不屑地說道，眼睛同時望向衣架。她的眼神似乎充滿厭惡。

「我了解妳的心情，可是現在最好不要隨便移動他，因為這是兇殺案的現場。」

「你胡說什麼……曉希人是自殺的！」

鶴子夫人受到棘的阻撓，氣憤地斷言說道。

「我昨晚就有不好的預感，還跟凜子商量要儘快把他送回療養中心。自從妻子過世，這孩子好幾次試圖自殺，而且看他昨晚的態度顯然已經有些神智不清。」

「他昨晚不是說他找到了一封信嗎？」

「只是病人的胡言亂語罷了。」

鶴子夫人斬釘截鐵地說道，表情沒有半點猶豫。然後她朝棘深深一鞠躬說道：

「媳婦過世時，我們找遍了房間的每個角落都沒有找到遺書，所以現在絕無可能突然冒出一封遺書。這一切都是那孩子的妄想。我會多付你一些錢做為致歉，請你回去吧。」

「很可惜，我不能答應。這絕對不是服毒自殺，偽裝的工夫做得太差勁了。」

棘果斷地回答，令鶴子夫人無言以對。接著他一臉不耐煩地蹲在遺體前，用戴著白手套的手翻開曉希人的眼皮。

「眼皮裡面有類似被針扎到的紅點對吧？這叫點狀出血，是因缺氧造成微血管破裂。此外，他臉上隱約有瘀血發青的現象，所以最有可能的死因是『窒息而死』。還有……」

他邊說邊把手伸向遺體的脖子。

「在脖子後面，也就是髮際的位置，有一條細細的白線，多半是被細繩之類的東西勒出來的。交叉的部分在脖子後方，可見是有人從背後偷襲。換句話說，曉希人先生是被人勒斃的。」

說完以後，他冷冷地看著愕然的眾人。

「有誰不同意嗎？」

第一個回過神來的鶴子夫人喘氣般地張著嘴巴。

「怎麼會……不可能有這種事！房間裡明明沒有打鬥的痕跡，也不像是被人翻找過的樣子……如果不是為了偷東西，那是為了什麼？」

「請看曉希人先生的右手。」

「啊？」

「在正常情況下，人倒在地上時手心應該朝向內側，但曉希人先生的前臂卻扭向外側，可見一定有人在他死後移動過他的手臂。」

仔細一看，曉希人右手的手心是朝向外側，這姿勢確實很不自然。

「凶手一定是要搜他的身，所以才移開礙事的手臂。從昨晚的情況來看，凶手要找的多半是曉希人先生提到的那封信。這麼說來，凶手應該是昨晚在場的人，也就是你們之中的某人。」

棘把一直插在口袋裡的手伸出來，仔細一看，他手上握著一支迷你的功能型手機。

「我已經傳簡訊給警視廳的熟人報告這裡的情況，並且附上照片，然後收到了這樣的回覆。」

原來他是為了不讓人發現，才把手機藏在口袋裡打字寄出。他展示的手機螢幕上有著這麼一句話：

『在我到達之前，你們這些傢伙都別給我輕舉妄動。還有，凜堂，這次我一定要宰了你。』

信中似乎不經意地附上殺人預告。這是錯覺嗎？

「……喔，他大概正在休假吧。」

棘喃喃自語著，然後丟下啞然無語的眾人，一副「我還有事要忙」的樣子瀟灑離去。他的背影彷彿傳來忍住哈欠的聲音，這也是錯覺嗎？

「既然如此，我要去睡回籠覺了，反正山路要等到明天才會開放通行。」

棘正要拉開紙門，卻突然停止動作。

他轉過頭來，裝模作樣地挑起一邊的眉毛說：

「如果讓你們不高興真是抱歉，但我就是這樣。」

聽到這句話，青兒明白了。

毫無疑問，這個男人跟皓根本是同一類型的人。

「那就請各位保重。」

他丟下這句開玩笑似的問候，關上了紙門。

剩下的人沉默了將近一分鐘才爆發出怒吼和哀號。

「那、那個男人是怎麼回事！開玩笑也要有個分寸吧！」

「我早就說要立刻聯絡療養中心，就算是半夜也要把他送走嘛！都是母親太心軟了！」

在一片混亂中，只有鶴子夫人冷靜地嘆著氣。

「先請律師過來吧，凜子也一起來。」

「我……」

聽到風見男的低語，凜子笑了出來。

「你再回去蒙頭大睡吧。」

「什麼！」

「在亡者面前克制一點。」

風見男正要發飆，鶴子夫人就冷冷地說道。

他的怒氣無處發洩，可能是遷怒，他用肩膀狠狠地撞了青兒一下，罵道：「別擋路！」然後大步離去。

青兒很後悔自己還對他同病相憐。這股怨氣該如何發洩呢？

「晚點我會給你零用錢的。」

皓拍拍青兒的肩膀，安慰似地說道。

既然如此，再讓人用肩膀撞一下也無所謂。

＊

青兒和皓一起回到客房。

皓正要開門，卻突然蹲在走廊上。

「喔？」

他撿起一片松葉。應該是來自庭院的松樹，為什麼會出現在這裡呢？

「有一股臭味。」

「是松脂的味道嗎？」

「呵呵，不是的。也罷，還不知道那邊會怎麼出手，先按兵不動吧。」

皓高深莫測地說道。

為了打發時間，青兒和皓玩起了圈圈叉叉，毫不意外地輸得一塌糊塗。玩到一半時，青兒突然聽見引擎聲，往外一看，一輛高級的黑頭車停在大門外，可能是他們說的律師吧。

「我們也該出發了。」

「嗯？去哪？」

「去對付鵺啊。」

皓露出惡作劇般的笑容，漫步走向離館。

鶴子夫人和凜子都不在離館，大概是去和律師談事情。咦？不只是她們不在，連遺體都不見了。是搬去主屋了嗎？

話說回來，皓說要對付鵺是什麼意思？

皓不理會青兒的擔憂，逕自走向壁櫥。

「鵺的藏身之處應該就在這裡。」

「啥？」

「呵呵，不會咬人的，我們就看一看吧。」

皓邊說邊打開壁櫥，青兒戰戰兢兢地在後面觀望。

壁櫥裡只有下層擺了一套棉被，其餘地方都是空的，並沒有看到鵺的蹤跡。

「喔喔，有了，你看那邊。」

皓白皙的手指指向壁櫥的上層。仔細一看，有一塊頂板被移開，那片空蕩蕩的黑暗應該是通往天花板上。

「不好意思，你能不能爬到壁櫥的隔板上，看看那個洞裡的情況？」

「呃，你是說這樣嗎……哇！」

一股強烈的野獸腥味撲鼻而來，青兒不由得往後仰。那就像在動物園裡會聞到的臭味。

「請你把東西拿出來，小心別弄掉了。」

藏在天花板上的是一個金屬籠子。

籠裡有一隻鳥的屍骸，尺寸和小型的雞差不多，身上披著黃褐色的羽毛，從頭頂到背後都是鱗狀的花紋。

「這就是虎鶇吧。」

皓理解似地點點頭。

「牠『唏、唏』的叫聲很像女人的哀號，所以自古以來就被視為一種不祥的鳥。其實『鵺』這個字本來就是指虎鶇。但是那種妖怪的叫聲和虎鶇很像，所以兩者就漸漸地混淆在一起。」

「呃，也就是說……」

「是的，在離館作祟的鵺其實是這隻虎鶇。」

皓不以為意地說道，青兒只覺得有些暈眩。這麼說來，那可怕的奇怪鳥鳴只不過是野鳥的叫聲？

「這隻虎鶇應該是曉希人先生飼養的。雖然法律禁止隨便抓野鳥回來養，但只要肯花錢還是辦得到，而且虎鶇是雜食性的鳥類，用狗食餵牠也沒問題。」

「你是什麼時候發現的啊？」

青兒一面詢問，一面想起之前和皓的對話。

『反正已經知道牠的所在，等一下就去除掉牠吧。』

『等一下，你怎麼可以說得這麼輕鬆啊？』

『沒事的啦，那玩意兒不會害人的。』

所以，皓當時就已經知道鵺的真面目以及牠的所在之處囉？

「聽到類似女人哀號的叫聲時，我就知道是虎鶇了。能找到牠的位置則是因為叫聲，重點在於時刻和天氣。」

「怎麼說？」

「虎鶇是夜行性動物，通常不會在白天叫，除非是雨天或陰天。但我們第一次在這個家裡聽到鵺的叫聲是在晴天的下午，所以我猜牠多半被養在光線照不到的壁櫥或天花板上。」

「喔，原來是這樣……」

聽是聽懂了，但青兒還是想不通關鍵之處。如果離館的妖怪其實是虎鶇……

「那妖怪作祟又是怎麼回事？」

「簡單說就是想太多。」

怎麼可能！

「呵呵，詛咒和作祟本來就是這麼回事。好比說，在丑時去神社釘稻草人，不是要把插著蠟燭的鐵環戴在頭上嗎？那是因為別人看到如此誇張的打扮一定會到處宣揚，這樣一來就會更有效果。」

「咦？是這樣嗎？」

「大部分的人光是想到自己可能被咒殺，就會開始覺得身體不舒服。」

的確，光是想像就覺得心情沉重。

「呃，所以作祟只是類似安慰劑的東西嗎？」

「能產生心理暗示的這一點確實很像安慰劑。一旦你認定有東西在作祟，就會造成不良的影響，搞得好像真的被作祟一樣。」

不對，等一下……

「可是凜子小姐說，去年年底有一間子公司倒閉了耶。」

「中小企業倒閉多半發生在年底，這恐怕只是巧合吧。」

「那鶴子夫人過年之後住院的事呢？」

「一定是過年期間喝太多酒吧，再加上子公司倒閉的壓力，就算她病倒了也不足為奇。」

「凜子小姐的婚事取消也是因為這樣？」

「是啊，應該也是因為壓力吧。如果她和未婚夫相處時也那麼暴躁，感情當然會不順。」

說得真直接。

「這正是曉希人先生的用意。他故意讓離館傳出鵺的叫聲，把不幸引來這個家中。不，或許他只是要讓凶手想起清白小姐的死，為了提醒凶手犯下的罪。」

皓邊說邊憐惜地撫摸虎鶫的屍骸。

「頸骨折斷了。牠和曉希人先生一樣是被勒死的。」

「誰會做出這種事？」

「想必是同一個凶手。」

青兒的胸中隱隱作痛。他早就該正視現實了。

「如果我沒有睡著，或許曉希人先生就不會死了。」

皓早就有預感晚上會發生事情，才叫他去監視離館，他卻把一切都搞砸了。

可是皓乾脆地搖搖頭說：

「你好像誤會了什麼。在你開始打瞌睡的時候——不對，可能在你剛開始監視的時候，曉希人先生就已經被殺了。」

「咦？」

「你想想看，曉希人先生是在寫字的時候被殺的，那鐵定是在就寢之前，但你有看到離館的燈光熄滅。」

「啊！」

他還以為是曉希人把燈關掉的，說不定根本是凶手所為……

「那時曉希人先生應該已經死了，而鵺最後一次發出叫聲是在晚上九點左右，凶手一定是在那段時間犯案的。凶手聽見鵺的聲音從壁櫥裡傳來，因此發現妖怪作祟的真相。」

「呃，那在我監視離館的時候……」

「是的，凶手一直在裡面。不知道是忙著偽裝死因，還是因為找不到東西……我想大概是後者吧。」

「那凶手為什麼要關燈？」

「為了營造曉希人先生已經就寢的假象。如果燈一直亮著，說不定會有人來找他。反正只要利用手機的手電筒功能，還是看得到東西。」

「咦？可是……」

青兒突然有一種異樣感。

「那我鑽進露天平台底下的時候，凶手還在離館裡面嗎？」

「嗯，應該吧。」

「這樣不是很奇怪嗎？凶手要從我頭上經過才能回到主屋，但頭上如果有人走過，我一定會被木板吱吱嘎嘎的聲音吵醒，因為我本來就是很難入睡的人。」

這次青兒說得很肯定，皓卻露出憐憫的眼神搖搖頭。

「如果凶手知道你躲在那裡就很簡單了，只要避開穿廊前的那段路就好。他大可從庭院裡繞過去，走路肩的水泥地就不會留下腳印。」

「等、等一下！凶手又沒有超能力，怎麼會知道我躲在平台下……」

「因為你的鼾聲啊。」

青兒啞口無言。

「你打鼾還挺大聲的。看你這麼年輕，身材也不胖，鼾聲卻這麼響亮，說不定是身體哪裡有問題，回家的時候順便去醫院檢查看看吧。」

皓擔心地望著青兒，就像想帶愛犬去動物醫院的慈祥飼主。

「這麼說來，我的鼾聲被凶手聽見了？」

「十之八九還加上夢話。」

青兒羞恥到了極點，不禁抱頭蹲在地上。

皓溫柔地摸摸他的頭說：

「不用這麼消沉啦，我從一開始就猜到凶手會得逞。」

「那你為什麼還要叫我去監視——」

正要大吼時，青兒突然想到一個答案。

「難道你是因為我打鼾很大聲，才故意把我趕出去？」

青兒顫聲問道，皓卻撇開視線，心虛的目光遙望著遠方。

「太過分了！」

青兒憤慨不已，皓連忙溫言安撫。

就在此時……

「喔？有人搶先一步啦？」

凜堂棘走進離館。

他看見身處凶殺現場還鬧得不可開交的兩人，諷刺地挑起單邊眉毛。

「我打擾你們了嗎？」

「沒有，完全不會。」

皓客氣地回應，還朝著宿命的敵人伸出手，顯然是為了擺脫眼前的麻煩事態。

「我太慢打招呼了，我是西條皓。」

「喔喔，你好。雖然說得有點晚了。」

棘有些輕蔑地回應，一邊嘴角微微地上揚。他也是個隨時都能激怒別人的人，方法和皓不太一樣就是了。

他的視線往下移，然後停在地上的籠子。

「……喔喔，跟我想的一樣。真可憐。」

他的語氣誠懇得令人意外，青兒幾乎懷疑自己聽錯了。

棘跪在榻榻米上，手伸向籠子，用對待易碎品的態度小心翼翼地抱起虎鶇，然後「啪」的一聲彈響手指。鳥屍一瞬間消失得無影無蹤，簡直像在變魔術。

「我想要好好地弔祭牠，可以吧？」

「嗯，當然沒問題。你幫了我一個大忙。」

棘俐落地起身，又恢復成平時的撲克臉。

然後……

「哇，挺漂亮的嘛。」

棘喃喃說道，眼睛盯著衣架。

但是一秒鐘後，他又嘲諷地揚起嘴角。

「牡丹配唐獅子，真有品味。送這種東西給疑似出軌的妻子，真是太諷刺了。」

「嗯嗯。多半是暗示『獅子身上的蟲子』吧。」

聽到棘的自言自語，皓也悠然說道。

不明白的似乎只有青兒一人，但他還是神色自得地頻頻點頭，這是他最近學到的偽裝模式。

「這真是對死者最大的羞辱。殺死她也是為了懲罰她的背叛吧。」

「等、等一下，清白小姐不是自殺的嗎？」

「……啊？」

聽到青兒愕然詢問，棘回以訝異的眼神，這種反應就像看到有人把一加一算錯了。

「他的腦袋沒問題吧？」

「請別在意，青兒本來就是這樣。」

皓幫青兒打圓場的說詞聽起來毫無幫助。這已經是司空見慣的事。

棘嘲諷地揚起嘴角說：

「這樣啊。看來傳聞是真的呢。」

「喔？什麼傳聞？」

「聽說你養了一隻活人。我聽到的時候還半信半疑。」

那隻傳聞中的寵物，指的似乎就是青兒。坦白說，他有點想哭。

「為什麼要選這個人呢？不過是愚昧無知又膚淺的小嘍囉嘛。說得含蓄點，看起來只有毛蟲或蚯蚓那種等級的智商。」

「呵呵，笨一點的孩子才惹人疼啊。」

青兒不是不想反駁，但對方如果回答「我只是實話實說」，他也無可奈何。

棘呵呵地笑了。笑聲似乎別有深意。

「原來如此，你們父子倆還真像，他也是讓半人半妖的兒子當自己的繼承人呢。」

「咦？半人半妖？」

「哎呀，你不知道嗎？你的飼主是從人類肚子裡生出來的。我記得令堂好像是遊女對吧？」

「……是藝妓。」

皓的神情依然平靜，語氣卻變得有些僵硬，他似乎不想提起這個話題。青兒的心中湧出怒火，瞪著棘開始考慮要不要拿石頭丟他。當然是要躲在皓的背後丟。

「一定是因為你對人類有著同胞之愛吧。聽說你打入地獄的罪人還不到二十五人，甚至赦免了一些人的罪過，還給他們贖罪的機會。」

「喔，你知道得很詳細嘛。」

緊接著，棘的眼神流露出明顯的憤怒。

簡直像有什麼可怕的東西從他的皮膚底下爬出來，端正完美的臉龐瞬間變成夜叉的鬼臉。

「原來如此，看來你根本沒有資格當魔界之王。」

棘的語氣冰冷至極。

說完，他就轉身走向室外的平台。

「無論在古代或現代，人都是愚蠢的動物，既膚淺又醜陋，沒有任何價值。連這點都不明白的你只是一隻喪家犬，父子倆都是一個模樣。」

「——你也不遑多讓啊。」

聽到皓的聲音從背後傳來，棘停下腳步。

「我聽說了，手足相殘的事。」

下一秒鐘，兩人之間充滿詭異的氣氛，棘轉頭瞪著皓，眼中滿是強烈的憎恨，此外還有惡意、敵意、殺意。

但是……

「是啊，你說得沒錯。」

棘如此回答，剛才的敵意瞬間如煙霧般消散。

「我們都為了父親很頭痛呢。」

「別把我和你相提並論，你這賤種。」

棘丟下這句話就離開房間，只剩皓和青兒留在原地。

「那個，皓……」

青兒擔心地開口，皓看起來不像是受到打擊的樣子，但他心裡做何感想就不知道了。到底該怎麼安慰他呢？青兒正在苦思時……

「據說凜堂偵探社以前是由一對雙胞胎偵探經營。」

皓搶先一步說道。

「咦？你是說還有一個像凜堂棘一樣的人？」

「現在沒有了。」

他似乎話中有話。

「聽說神野惡五郎本來有十三個兒子，為了選出繼承人，就讓兒子們互相殘殺。從凜堂棘的反應來看，八成是真的。」

皓感慨地說道，聽起來甚至有些同情。

然後他長嘆一口氣。

「雖然有人講得很難聽，但我從不覺得自己有人類血緣是丟臉的事。」

話雖如此，那一如往常的微笑之中卻帶有自嘲的味道。

「不過我的確什麼都不是，既不是人也不是妖，所以被視為異類是沒辦法的事。」

「這樣說不太對吧？」

聽到青兒反駁，皓露出錯愕的表情。

「既然你是人類和妖怪的混血兒，怎麼能說你兩者都不是？應該說你兩者皆是才對啊。」

聞言，皓噗嗤一聲笑出來，笑到連肩膀都在抖動。

「啊，不好意思，我只是覺得這話很有你的風格。」

笑到眼中帶淚的皓已經恢復平時的笑容。

「呵呵，其實我也是這樣想的。」

「是吧？」

「是啊。」

兩人相視點頭。青兒發現這是他們第一次一起大笑。

「我覺得這樣比較好，比較像你的風格。」

「呵，就算你誇獎我，頂多也只能拿到零用錢喔。」

「這樣就夠了！」

這時突然有個腳步聲朝他們接近。

「對不起，太太叫我來幫曉希人先生拿更換的衣物。」

出現的是幫傭古橋，她是有著一張福態圓臉、五十歲左右的女人。

棘先前說過不要亂動命案現場，所以古橋大概有些內疚吧。她說了一些像是在辯解的話，然後轉身面對壁櫥。

「古橋太太。」

古橋正要離開時被皓叫住。

「我可以請教妳一些事情嗎？」

「好的。什麼事呢？」

「這件外衣是曉希人先生送給清白小姐的吧？」

「是的，沒錯。」

「妳知道這個『牡丹與唐獅子』的圖案代表著什麼意義嗎？」

「呃，意義啊……」

古橋一臉困惑，不知該怎麼回答。

皓見狀微笑著說：

「據說獅子喜歡在牡丹花下睡覺，因為牡丹夜晚滴下的露水可以殺死獅子身上的寄生蟲。有一句諺語『獅身之蟲』就是由此而來。」

「那、那個，不好意思，我得快點回去。」

古橋鞠了個躬就想離開，但皓還是毫不放鬆地對著她的背影說：

「獅子會被寄生在身上的蟲子啃食至死，所以『獅身之蟲』指的是恩將仇報的背叛者，也可以用來代表『背叛丈夫的不貞妻子』。」

「那、那個……」

古橋猛然回頭，她蒼白的臉龐透露著驚慌，眼中還帶有明顯的膽怯。

「清白小姐是披著那件外衣過世的吧。不過，真的是她自己選擇用這件衣服當喪服嗎？」

皓向前走一步，像一隻逼近老鼠的貓。

「仔細想想就知道了，清白小姐的雙眼被燒得混濁，也就是說她已經瞎了。若說她自己從針線盒拿出剪刀自戕，實在太不合理。」

他說完微微一笑。

「換句話說，是別人割開她的喉嚨，並且讓屍體穿上這件外衣，這是要表示她是個『背叛者』。妳應該也多少感覺得出來吧？」

「請、請原諒我！」

古橋用哀號般的聲音叫道，伏在地上低下了頭。

「是、是曉希人先生把清白小姐的臉壓到火盆裡的！但我真的不知道他有沒有殺了她。」

皓等到伏地大哭的古橋冷靜下來才繼續問話。

從她的證詞聽來……

某天晚上，古橋聽見清白的尖叫後，上氣不接下氣地跑到離館，就看見曉希人如惡鬼般暴跳如雷。他抓住穿著和服外衣的清白的頭，死命按進燒著炭火的火盆裡。

『曉希人！』

『請、請住手！您在對清白小姐做什麼啊！』

她和聽到吵鬧聲趕來的鶴子夫人拚命把曉希人拉到其他房間。

但是一切都太遲了。

清白的臉已經燒成焦炭，變得不成人形，但她還留著一口氣。古橋想要留下來照顧她，鶴子夫人卻叫她回自己房間，把她趕出離館。

古橋焦急地等待救護車到來，同時不斷祈求清白平安無事，但她始終沒有聽到警笛聲。

隔天早上，古橋就聽到清白的死訊。

傳聞說清白昨晚發瘋，「自己把臉湊進火盆裡」企圖自殺，後來還趁著鶴子夫人離開的時候，從衣架拿起和服外衣披在身上，割喉自盡。

「妳不覺得很荒唐嗎？」

在皓的詢問下，古橋只是深深低著頭，口中不斷說著「請原諒我」。

「我家裡還有年老的母親和一直躺在床上的老人家，如果我被趕出這間屋子，不能繼續待在村裡，我們一家子就活不下去了。」

的確……

既然獅堂家說是自殺，那就是自殺。就算古橋說出真相，警察也不可能聽信。
古橋用細如蚊鳴的聲音繼續說：
「我也覺得說不定清白小姐真的是自殺的。」
「有什麼理由讓妳這樣想嗎？」
「沒什麼理由，只是……」
她說聽到了歌聲。
在皮肉燒焦的惡臭中，清白原本只發出痛苦呻吟的口中突然唱起歌。
「聽起來像是手球歌。」
「妳還記得那首歌是怎麼唱的嗎？」
古橋皺起眉頭，像在努力搜索回憶，最後還是無力地搖頭。
「我不知道。曉希人先生經常說，清白小姐從奶奶那裡學了幾首手球歌，我想大概是其中的一首吧。」
「那跟自殺有什麼關係嗎？」
「該怎麼說呢……我一聽到那首歌，不知怎地就想起那件外衣。」
所以後來聽聞清白的死狀，她就覺得有幾分真實性。

「沒想到那件衣服竟然代表著背叛者。清白小姐收到那件衣服時高興得不得了，還很用心地挑選了回贈的禮物耶。」

古橋拉起圍裙下襬擦擦眼角，吸著鼻水。

「清白小姐是個寬宏大量的人。」

她喘氣似地說著，嘴唇因嗚咽而顫抖。

「曉希人先生剛結婚時也是那麼暴躁，我想清白小姐一定很不好過，但是後來情況漸漸好轉，我一直相信他們夫妻兩人一定可以白頭到老。」

皓安慰似地按著古橋的肩膀，露出沉思的表情。

「她肚子裡的孩子會不會是其他男人的？」

聽到皓的低語，古橋忍著哽咽搖頭說：

「我不知道，但我覺得清白小姐不像是這種人。」

說到最後，她的聲音哽在喉嚨裡，像是隨時會伏地大哭。

皓抬起頭來，四處張望，彷彿在找尋什麼東西。

「清白小姐回贈的是什麼禮物？」

「就是那個筆筒。那本來是花瓶，是清白小姐提議放在書桌上的。」

書桌上有個圓筒狀的瓷器，表面畫了老虎和竹林，那輕盈的筆觸與其說剛猛還不如說是俏皮。

「那是瀨戶燒吧，在古董中不算特別名貴。會選擇老虎的圖案，多半是因為曉希人先生被人稱為發狂的野獸。」

這麼說來，她挑這個禮物只是為了諷刺曉希人囉？

青兒想到這裡就覺得脫力。

也就是說，曉希人懷疑妻子不貞，清白也對丈夫懷著恨意，而他們夫妻兩人還要一直關在這鳥籠般的狹小離館裡大眼瞪小眼，真是太令人鬱悶了。

（奇怪？）

青兒眨了眨眼，突然有種不對勁的感覺。

真奇怪。

眼前這個瓷器似乎少了該有的東西。

「呃，皓，你不覺得奇怪嗎？」

「什麼事？」

「那隻老虎一點都不可怕耶。」

沒錯。

畫在瓷器上的老虎缺少凶猛的氣勢。

鵺是蛇、狸、虎、猿合成的怪物，而獅堂家的每個人各自象徵其中一種動物，想必是基於每個人不同的氣質。

青兒第一次看到曉希人時，就被他猙獰可怕的眼神嚇得直打哆嗦。正如皓所說，被人稱為發狂野獸的曉希人像老虎一樣凶暴。

但是……

瓷器上那隻趴著的老虎像是被竹林所保護，靜靜地沉眠。回贈這樣的禮物令人覺得充滿了愛情。

「清白小姐結婚時只有十六歲，還是個高中生，那種年紀的女孩子若是討厭一個人，就連人情巧克力都不可能送。」

「你這話倒是說得很實在。」

「唔……也就是說，如果清白小姐挑選的這隻老虎代表她眼中的曉希人先生……」

青兒也不知道自己想說什麼。

但是，他在吐露胸中那片濃霧的過程中，漸漸看清了濃霧之中是什麼東西。

（啊啊，對了。）

從門縫偷窺離館裡面時，青兒並不覺得曉希人可怕。

老虎空洞的眼眸中沒有憤怒，獨自趴在屋內的身影只讓青兒感到濃厚的悲傷。

「曉希人先生真的只是個令人害怕的人物嗎？」

說不定曉希人只會對妻子表現出另一面的性格……這瓷器上的老虎不就表明了有這個可能嗎？

「原來如此。竹林和老虎啊……」

皓吃驚地睜大眼睛。接著，他不理會青兒的疑惑，把手伸向筆筒。

「說不定我完全想錯了。」

「呃？」

「謝謝。多虧有你，才讓我發現一件重要的事。」

說完，他開始在筆筒中摸索。

「喔？這是？」

他掏出一個大大的鑰匙圈。

那是懷錶造型、塗著光亮釉藥的半球狀七寶燒，上面有可愛的櫻花圖案。
「那應該是清白小姐的東西。她喜歡櫻花，蒐集了很多櫻花圖案的小飾品。」
「這樣啊。」
一個清脆的聲響從皓的手中傳出。
青兒定睛一看，半球狀的部分像懷錶蓋子一樣掀開來，原來那東西和相片墜子一樣可以開闔。裡面放著一張折得小小的紙片。
「看來這真的是清白小姐的東西。」
皓望著紙片說道，流露出沉痛的眼神把蓋子闔上、收進懷裡。此時的氣氛讓青兒不敢隨意發問。
「對了，她唱的歌是不是這樣？」
皓說完唱起一首童謠。
青兒沒聽過歌詞，只覺得如手球般躍動的旋律充滿鄉愁，聽起來有些寂寞。
「啊！對耶，沒錯！就是這首歌！」
古橋愣了一下才用力點頭。
「這樣啊，我明白了。」

皓點點頭，拉著青兒站起來。

「我們要先告辭了。妳不用擔心，我會把向妳問話這件事藏在心底。」

他露出一個安撫的微笑，接著走出離館。

*

回到客房之後。青兒站在窗邊抽菸打發時間，皓對他發出奇怪的指示。

「不好意思，你可不可以蹲低一點？」

「呃？好。」

青兒依言彎下身子，皓就摸摸他的頭。

「這、這是……」

皓不知為何用憐憫的眼神看著一臉錯愕的青兒，然後又露出安撫的笑容。

「你等一下可能要吃點苦頭。我想多半不會太嚴重，你就忍一忍吧。」

「啊？」

這時紙門被猛然拉開。

「閃開，別擋路！」

「哇！」

走進來的是風見男，他推開青兒長驅直入，踢開皓放在門邊的行李，又踢開青兒丟在壁龕旁邊的旅行袋。那是紅子幫他和皓準備的波士頓包。風見男沒有先問過物主，就擅自拉開拉鍊，在包包裡翻找。

「你、你要做什麼啊？」

「找到了！」

風見男大叫一聲，手上拿著一個附蓋子的矮胖菸灰缸……不對，那是原本放在離館壁龕的褲腰香爐。為什麼會出現在這個地方？

「現在沒辦法辯解了吧，你們這些小偷！」

「啊？」

「這是你們剛才從離館偷來的吧！你們離開之後，我進去一看，壁龕裡的香爐就消失了！在這裡找到香爐便是最有力的證據！」

「咦？」

「不只這樣，殺死大哥的也是你們吧！你們這些殺人凶手別想逃走！」

「呃？」

蒙上不白之冤的青兒像缺氧的金魚般嘴巴一張一合時，凜堂棘又悠然拿著手杖出現了。

他看看哭喪著臉、驚慌不已的青兒，再看看盛氣凌人、怒目相視的風見男，就像見到野狗打架般滿不在乎地聳聳肩。

「事情是這樣的。」

他平淡又帶著不屑的語氣，如同評論家在講評差勁的作品。

「我調查庭院時發現了運動鞋的鞋印。留下這鞋印的人，一定是昨晚躲在樹後偷窺離館裡的情況，而這間屋子裡穿運動鞋的只有你一個人。」

「我、我只是去監視離館。」

「喔？為了什麼？」

棘不懷好意地反問，青兒什麼都說不出來。如果他回答「是為了避免離館發生什麼事而去監視」，只會讓自己顯得更可疑。

「我來幫你回答吧，你們兩人打從一開始就是為了獅堂家的古董而來。你們的真實身分，其實是偽裝成靈能師的竊盜二人組。」

「什麼！」

「你昨晚躲在庭院偷偷觀察離館，就是想趁曉希人先生外出的時候偷走屋裡的收藏品吧。」

「啥？」

此時皓遮著嘴低下頭去，肩膀微微地顫抖。

難道他哭了嗎？青兒頓感不知所措，但他立刻發現皓只是拚命忍著笑。這到底是什麼情況！

「負責監視的你趁著曉希人先生暫時離開房間時偷偷潛入，結果他回來得比你預料的早，你只能躲進壁櫥，還不小心把手套落在裡面。這是凪見男先生剛才在壁櫥裡找到的。」

棘的手上拿著一雙很眼熟的羊毛手套。青兒慌張地在羽絨外套的口袋裡摸索，手套果然不見了。

「怎、怎麼會這樣？」

青兒呻吟著「怎麼會在那裡」，棘毫不理會地繼續說：

「但是一直躲在壁櫥裡遲早會被曉希人先生發現，因為他要就寢之前一定得打開壁櫥拿出棉被，所以你……」

「就用曉希人先生的繩子勒死他，再把他偽裝成自殺的模樣？」

先前一直沒開口的皓接著說道。他的聲音有些顫抖、語尾上揚，似乎還沒完全抑止笑意。

「他有必要殺死曉希人先生嗎？與其費這麼大的工夫，還不如躡手躡腳地逃走來得更有效率吧？」

「如你所知，離館外面的平台會發出很吵的吱軋聲，他或許認定自己不可能偷偷逃走，因為他不知道曉希人先生當時已經摘下助聽器。」

「唔……這樣啊。」

「大家都知道曉希人先生剛從療養中心回來，所以他想到可以營造出曉希人先生服毒自盡的假象，可是隔天早上就被看穿。於是……」

「於是他又去偷了香爐，打算立刻帶著贓物逃走？」

皓邊說邊拍手，像是真的很佩服的樣子。

「原來如此。雖然是即興演出，但是挺有趣的。」

「……承蒙你的誇獎，不勝光榮。」

棘的表情依然冷淡，但太陽穴明顯浮出青筋，看得出來他對皓的態度很火大。此時棘突然脫下外套，露出裡面的白襯衫，接著又解開袖口鈕扣，捲起袖子。

「所以我得請你先離開了。」

說完，他展現出人意料的強大臂力，揪著青兒的脖子走出房間。手無縛雞之力的青兒根本無法反抗這股蠻力。

棘下到一樓，走到室外，朝著離館的反方向走去，最後來到一間灰泥倉庫，不由分說地把青兒和悠哉跟在後頭的皓一起丟進去。

「請保重。」

關起的門外傳來上鎖的喀嚓聲。

剩下的只有一片黑暗。

*

凜子及母親鶴子和律師談完之後，走到大門外面送走律師，此時幫傭古橋慌慌張張地跑來報告，說凜堂棘要求獅堂家所有人到離館集合。凜子原本不想理會，但是凜堂棘在警視廳裡有朋友，不能不給他一點面子。

（真討厭。）

她在心中罵道，努力忽視不安的情緒，走向離館。比她晚來的母親不知為何拿著一個大包裹。

一臉得意的二哥風見男已經在那裡，他向凜子和母親解釋著事情的經過，說得比手畫腳，裝得一副大偵探的樣子。

原來殺死大哥曉希人的竟是那個名叫遠野青兒的笨拙助手，而且西條皓的靈能師身分是假的，其實他們只是來偷古董的小偷。

（愚蠢至極。）

凜子冷冷地聽著，但是聽到那位偵探也支持風見男的說法，令她非常訝異。如果凜堂棘──那個悠然到囂張的男人──也這麼說，那就有可能是真的。不過那位偵探一直沒開口，只是默默站在窗邊，一臉沉思的模樣。

「真的是這樣嗎？凜堂先生？」

凜子焦急地問道，但棘的樣子很奇怪。他白皙端正的臉龐低垂，喉中咕咕作響，接著肩膀開始顫抖。

她不明所以地皺起眉頭，然後才發現……

凜堂棘在笑。

像是在說這件事太可笑，令人忍俊不住。

接著他發出大笑，那彷彿是從地獄底層傳來的可怕笑聲。他像隻凶性大發的野獸瞬大眼睛，宛如般若咧開的嘴巴顯得無比瘋狂。鶴子和風見男也一臉愕然地望著他。

「失禮了。」

棘簡短地說道，重新戴好軟呢帽。

瀰漫在現場的瘋狂氣氛一下子消失無蹤，只剩下令人窒息的沉默，如同惡夢的餘韻。

「既然那兩個礙事的人已經不在，我就重新說明吧。關於殺害曉希人的凶手……」

他朗聲宣告，像是站在舞台上的演員。

「真凶不是那兩個愚蠢的傢伙，而是此時在場的人。」

「等、等一下！你在胡說什麼啊！」

風見男聽得臉色蒼白、雙目圓睜，然後激動地質問著棘。

「關在倉庫裡的那兩個人才是兇手！你剛才明明也是這麼說的！」
「喔，那就當我沒說過吧。」
「啊？」
看到偵探如此蠻不講理，風見男張著嘴巴僵在原地，不知該做何反應。
然後……
偵探朝三位聽眾拍拍手，像是在示意他們安靜。
「我要宣布了。殺害曉希人先生的真兇就是——」

*

所謂的無言以對，指的就是這麼回事。
被擁有驚人怪力的棘丟進這片滿是塵埃的黑暗之後，青兒心有餘悸地靠到明亮的窗邊，好一陣子說不出話。
陰暗的倉庫裡塞滿蒙著灰塵的箱子和衣櫃，皓在其中找到一個大小適中的包袱，拍拍灰塵坐在上面，接著肩膀突然抖動起來，像是想起什麼好笑的事。

「這這這……這到底是怎麼回事？」

青兒喘氣似地問道，皓滿不在乎地聳聳肩說：

「總之就是被陷害了。」

「你怎麼說得那麼輕鬆啊！而且為什麼你還笑得出來！」

「沒有啦，我光想到他說你是怪盜就忍不住……」

「是因為這個嗎！」

青兒不禁大吼，皓連忙咳兩聲，露出討好的笑臉說：

「我早就知道他會設計對付我們。既然先者為勝，關鍵當然是要奪得先機，只是我實在想不到他會用怪盜這招。」

難道他還想繼續扯那件笑料嗎？

「啊，對了，青兒，我可以拜託你一件事嗎？」

「……不要。」

「後面不是有個鏡台嗎？」

皓根本沒把青兒的拒絕放在眼裡。青兒不甘願地望向他指著的地方，看到桐木衣櫃上擺著一個用千鳥格紋布料蓋住的長方形鏡台。

「你是說這個嗎？」

「是啊，請你把布掀開。」

「呃……」

「怎麼了嗎？」

再猶豫下去會被皓發現他的恐懼，青兒只好認命地閉著眼睛，一口氣拉下那塊布。

『一天不見了呢。』

「哇！」

鏡中突然發出低沉的男聲，青兒嚇得跳起來。

『不、不好意思，我不是故意要嚇你。』

仔細一看，出現在長方形鏡子裡的是小野篁。這就像 Skype 的視訊吧，可是連個通知鈴聲都沒有，這種設計對心臟真的有害。

「嗨，你好啊，篁。」

皓在後面看著，朝鏡子揮揮手。

『看到皓大人這麼有精神真是太好了，不過……您是不是被棘大人陷害了？』

「嗯，大概吧。」

篁語氣溫和但問得很直接，皓用開玩笑的語氣回答之後，篁輕輕笑著說：

『您真的很像令尊。』

「是嗎？我倒是覺得我和母親比較像……」

『打起壞主意的表情的確很像。』

就是那種不懷好意的笑容。

「呵呵，別說得這麼難聽嘛。」

皓揮揮手，像是想用笑容糊弄過去。

難怪皓一直那麼氣定神閒，原來他的心裡已經有主意了。

「別說這些了，棘那邊的情況怎麼樣？」

『喔，對了，我帶來了淨玻璃鏡，好讓皓大人也能看到。我現在就把鏡中影像傳過去，請稍待片刻。』

魔鏡這玩意兒果然很方便。

過一會兒，鏡中就顯現出離館的影像。從畫面看來，偵探似乎正在表演推理，獅堂家的所有人都聚集在發生凶案的離館。

可是不知為何只能聽見大笑的聲音。

「……全都是笑聲，真無趣。」

「呃，或許敲一敲就能修好？像昭和時代的電視機那樣。」

無視於聊起感想的兩位觀眾，鏡裡的偵探自顧自地揭發案件的真相。

但是……

真凶到底是誰？

「他該不會真的以為我是凶手吧？」

「當然。棘一定是心知肚明，所以我明知他故意栽贓，還是靜靜地看他表演。」

聽到青兒擔心地詢問，皓一副理所當然地點頭。他完全把臉轉向青兒，大概是已經對鏡中的影像膩了。

「所以我是被真凶栽贓了吧？」

說到這裡，青兒突然想到一種可能性。

「呃，依照慣例來看，你一定……」

「是啊，我當然知道凶手是誰。畢竟是我嘛。」

皓爽快地承認，開玩笑似地笑著說道。

唉，果然是這樣。

「凶手就是風見男。」

皓很乾脆地說出真凶的名字。殺害一家之主的竟是那個爛泥扶不上牆的米蟲？

那麼，證據是……

「第一點是今天早上曉希人先生的屍體被發現時的情況。」

原來風見男的罪行那麼早就敗露，青兒不禁有些同情他。

「一般人聽到家人自殺，一定會立刻趕到現場，因為要先親眼看過才知道救不救得回來。但是風見男還沒去離館，就先打電話給醫生和警察。」

聽皓這麼一說，青兒也覺得風見男的行動很不合理。

「他一定是趁著所有人都聚集在離館時，偷偷把香爐放進你的行李。其實我為了知道是不是有人入侵，特地從庭院摘了松葉夾在客房的門上，結果真的看到松葉掉在走廊上。」

「你、你早說嘛！」

青兒軟弱無力地抱怨，同時想起之前和皓的對話。

『有一股臭味。』

『是松脂的味道嗎？』

『呵呵，不是的。也罷，還不知道那邊會怎麼出手，先按兵不動吧。』

所以皓當時就知道有人偷偷跑進客房嗎？

「離館的紙門打開一條縫，應該也是風見男幹的，這是為了讓你變成第一發現者。我們若是去案發現場查看，客房裡就沒人，他大可趁機把香爐藏在我們的行李。」

聽到這裡，青兒覺得自己似乎很笨。不對，是真的很笨。

「第二點是在你的行李找到香爐時的情況。我的行李明明離門邊比較近，風見男闖進客房之後卻先去翻你的行李。我們的行李袋從外表根本看不出差別，怎麼想都很不自然。」

說起來確實是這樣。

風見男的行動可疑得像在宣告「我就是凶手」，但青兒在聽到皓的解釋之前卻一點都沒注意到，真是太奇怪了。

「咦？對了，他說在壁櫥裡面發現我的手套。」

「喔喔，應該是那時候偷走的。你還記得吧，今天早上在離館的時候，風見男不是撞了你一下嗎？」

「啊！」

難道手套就是在那時被他偷走的？

青兒把脫下來的手套塞在羽絨外套的口袋裡，大概是有一部分露在外面，所以很容易被偷走。不管怎麼說，風見男的扒竊技巧確實很高明，他才該去當怪盜吧。

「咦？等一下……」

想起先前被指為怪盜的騷動，青兒突然覺得有點不對勁。

「你是說，今天早上風見男從離館的壁龕偷走香爐，然後趁我們不在的時候潛入客房，把香爐藏進我的行李？」

「嗯，就是這樣。」

「不對吧？我們後來明明在離館裡看到了香爐啊，如果他真的拿走香爐，壁龕應該是空的。」

「虧你能想到這點，真不像你。」

皓由衷佩服地拍手說道，就像飼主在誇獎第一次學會「坐下」的笨狗。

「也就是說，離館裡的香爐——」

*

「也就是說，離館裡的香爐是假貨。」

說完全部的推理之後，凜堂棘斬釘截鐵地做出這個結論。看在凜子眼中，他在那套古典裝扮的襯托之下完全是個名偵探。

「最先讓我察覺異樣的是香爐的擺放方式。這種三腳的香爐在擺放時，一定會把一隻腳朝向前方，但今早看到的香爐擺反了。曉希人先生對古董很有研究，不可能是他擺的，可見一定是其他人擺的。所以我仔細觀察了那個香爐……」

棘說到這裡稍微停頓，淺淺地笑了。那與其說是苦笑，更像是忍俊不住。

「結果一眼就看出那是假貨。仿造得一點都不像，跟垃圾一樣毫無價值。」

「什麼！」

出聲的是風見男。他張著嘴巴說不出話。

「青瓷的仿作技術是出了名地精良，尤其龍泉青瓷的仿製品更是值錢，對仿製師而言，那也是嘔心瀝血的作品。但是，那個香爐品質低劣，絕無可能騙得過曉希人先生的眼睛。」

「怎、怎麼可能！」

「那一定是近年製作的便宜貨，而且甚至不是青瓷，只是質感有點相似的贗品，在土產店頂多只要兩、三千圓就能買到。如果是在古董店花幾十萬圓買下來，買的人一定經常被當成冤大頭吧。」

「少、少在這裡胡說八道！那可是跟最有眼光的業者花了一百五十萬圓買的！是百年難得一見的寶物——」

「喔？我又沒有說那是你的東西。」

「呃！」

風見男無言以對，表情像落入陷阱的野獸般苦悶。棘瞥著他的醜態，露出輕蔑的笑容。

「想必你是在曉希人先生的屍體被發現後，趁著第一發現者離開時偷偷把香爐換成自己的贗品，再趁著客房沒人時把偷來的香爐放進客人的行李。這麼看來，誰是殺死曉希人先生的凶手也就不言而喻了吧。」

「你又沒有證據！你沒辦法證明是我把香爐掉包的！也沒辦法證明那是我的東

西！」

風見男強辯的聲音明顯地拔尖而顫抖。

棘見狀，毫不遲疑地回答：

「有啊，就在你後面。」

「啊？」

棘「啪」一聲彈響手指。

可能是他事先已經給過指示，幫傭古橋打開紙門走進來，一臉困惑的她抱著一個古老的杉木盒。

風見男一看到那東西，嘴唇就開始顫抖。

「怎、怎麼會……」

「沒錯，這是從你房間拿出來的其中一樣收藏品。你應該知道裡面放的是什麼東西吧？」

打開一看，杉木盒裡是龍泉青瓷的褲腰香爐，和壁龕裡的那個一模一樣。

不對，這想必是贗品。

「應該是這個地方……喔喔，找到了。」

棘邊說邊摸著香爐半球狀的銀蓋子，然後從細密雕刻的縫隙間抽出一條細細的東西，看起來像是顏色很淺的頭髮。

「我今天早上在離館壁龕的香爐裡放了一根我的頭髮，現在卻出現在你的香爐裡，這不就是最好的證據嗎？」

風見男再也沒辦法辯解，虛脫地癱坐在榻榻米上。

此時……

「凜堂先生。」

開口的是鶴子夫人。

「偵探的工作可以到此為止嗎？」

說完，她遞出了裝在包巾裡的大疊鈔票。那兩疊小山般的鈔票估計不會少於一千萬圓。

「喔？真是大手筆。」

「用來買家族的名譽還算便宜的。請您收下吧。」

鶴子夫人平淡地說道，她的臉如岩石般毫無表情。相較之下，風見男則是驚慌失措地顫抖著蒼白的嘴唇。

「母、母親，怎麼可以……」

「不要叫我『母親』。真不舒服。」

她充滿厭惡地拒絕，風見男的臉一下子變得煞白。

鶴子夫人嫌惡地別開目光，用不屑的語氣說道：

「你是前任當家和藝妓生的孩子，雖然我為了家族名聲答應把你接回來，但我從不認為你有被愛的價值。我的孩子只有曉希人和凜子而已。」

她的眼中充滿孩子被殺的母親的憤怒。

風見男被她的氣勢壓得後退幾步，然後像孩子耍賴般用力搖頭。

「那、那我是為了什麼！我只是想要保護這個家啊！」

「家？」

凜子突然開口反問，還發出一聲嗤笑。

「你只是想要自保吧？如果那個女人留下信，一定是寫給丈夫的道歉信，你就是害怕她說出腹中孩子的父親是你，才殺死曉希人哥哥。」

聽到凜子的冷笑，風見男頓時臉色大變。

「才不是！」

他氣急敗壞地搖頭。

「根本沒有什麼信！文件盒、櫃子、壁櫥，離館的每一個角落我都找過了！那傢伙是為了陷害我才編出那種謊言。不、不是我要殺他，是他逼我的！」

「你這句話倒是說得不錯。」

令人意外的是棘同意他的說法。

「曉希人先生正是希望你殺死他。看他的遺體上沒有出現被勒頸時反抗的抓痕就知道了。他對人生已經絕望，為了消解心中的怨恨和憤怒，他決定賠上自己的性命來毀滅獅堂家。」

棘平淡的語氣之中似乎帶有一分讚賞的味道。

「不過若是重提舊事，很可能只會被當成瘋子的妄想，所以他才需要我這個偵探過來。接著，他為了讓你犯下殺人罪而編出一封不存在的信——這就像是間接強迫全家陪葬吧。」

聽到哥哥的想法這麼自私，凜子忍不住唾罵：

「真會給人找麻煩。一個兩個都是這樣，這些男人一點都不會顧慮別人。」

「喔？事情不就是由妳而起的嗎？」

凜子驚訝地抬起頭，看到一張信紙遞到她面前。那是白底黑線的樸素信紙，上面有著細細的折痕。信中只寫了一行字，字跡歪七扭八，顯然是為了掩飾字跡。

『不知道腹中孩子父親是誰的只有丈夫。』

「這是從文件盒裡找到的。會發生兇殺案想必就是因為這封告密信，這已經算是教唆殺人了。不用想也知道，曉希人先生看到這封信一定會氣到失去理智。」

棘冷冷地瞥了凜子一眼。

「這封信是妳寫的吧？」

「只不過是一封匿名的可疑信件，你怎麼能說是我寫的？」

「只要這樣就看得到署名了。妳自己看看。」

凜子還來不及說「怎麼可能」，就看到棘把信紙朝著天花板的電燈舉起，純白的信紙立刻浮現花圈般的紋路。

「白百合花圈，這是聖加大利納女學院的校徽。但是這信紙設計得太低調，應該有不少學生沒發現上頭有校徽就買來用了，就像妳一樣。」

凜子知道無法再狡辯，默默地聳肩。她不想像二哥一樣可悲地硬找藉口。

「我是為了保護獅堂家。」

「靠著教唆當家去殺人？」

「獅堂家才不會因為殺掉一個懷了賤種的女人就垮台。反正只要哥哥讓出當家的寶座就好。他以前還好一點，但是讓有缺陷的人來背負獅堂一族的命運，根本和自殺沒兩樣。」

凜子笑了起來。

「哥哥在發生車禍之後就失去傳宗接代的能力，所以那個女人懷了身孕就能證明她出軌。而且孩子的父親還是那個人渣。」

她瞄了風見男一眼。

「既然肚子裡懷了不幸的孽種，不是該趁早剷除嗎？」

「站在正當繼承人的立場嗎？」

「是啊，應該繼承獅堂家的是誰，不是很明顯了嗎？」

凜子最想說的就是這句話。

但是溺愛長男的母親根本聽不進去。

「就算要殺死兩個人？」

「是啊，一個是獅子身上的蟲子，一個是蟲子的孩子。」

說完之後凜子笑了，又補充一句：

「不，或許該說是淫亂的背叛者。」

「不要說她的壞話！」

風見男激動地站起來，一副想扮演騎士的樣子。

「清白小姐會嫁來這裡，只不過是被當成欠債的抵押品，她生活在這獸欄中，每天擔心受怕，唯一的依靠只有我，她沒理由受到任何羞辱！」

看到風見男說得這麼慷慨激昂，棘的反應卻很冷淡。

「割斷她喉嚨的不就是你嗎？」

「你、你胡說什麼！」

「喔，看你這副神情，應該是被我說中了吧。我終於明白你為什麼一定要在昨晚殺死曉希人先生。既然兩年前的案子是你做的，你當然會不擇手段地阻止警察重新調查。那想必是出自鶴子夫人的命令吧。明明是你親手殺死她，還好意思在這裡說些冠冕堂皇的話。」

「你、你又知道什麼了！」

聽到棘的諷刺，風見男氣得滿臉通紅。

「她燒成那樣子已經沒救了，早點讓她解脫還比較慈悲。如果不是因為這樣，我怎麼可能對自己的孩子下手！」

「喔？你知道那是你的孩子啊？」

「不，如果我早知道，寧可捨棄一切也要跟她在一起。她也是因為知道這一點，才沒有把事情說出來。」

風見男如枯萎的植物跪倒在榻榻米上，像在演戲似地哭得一把眼淚一把鼻涕，說話時還帶著哭聲。

「我會對曉希人動手，絕對不是為了保護自己，而是為了報仇。為了被老虎啃食的清白小姐，還有她腹中的孩子。」

然後他重重地搥打榻榻米。

「我一點都不後悔！」

緊接著……

「既然如此，我就可以毫無顧忌地把你打入地獄了。」

棘冷冷地說道，舉起手杖在榻榻米「咚」地敲一下。

一隻鳥的屍骸赫然出現，黃褐色的羽毛上有鱗片的紋路。凜子只在圖鑑上看過這種鳥，那應該是虎鶇吧。

接著，鳥變成和獅子一樣巨大的怪物。老虎？不對，怪物重重踩在榻榻米上的四隻腳有著老虎的斑紋，但是像鞭子般彎曲的尾巴卻是一隻蓄勢待發的蛇，而身上的毛看起來就像狸貓。

更驚人的是……

唏！唏！

那張發出比女人尖叫更高亢的刺耳咆哮的臉，如同一隻猙獰的猿猴。

這就是鵺嗎？

「去吧。」

棘的命令如同揮鞭。

那隻怪物像弓一般彎起身子，張開大口往前猛撲。牠前進的方向上是僵立不動的風見男。

然後……

血花從猿猴牙齒咬碎的咽喉飛濺出來，看到這淒慘的景象，凜子頓時失去意識。

*

青兒專注地聽著皓的推理，完全忘記鏡子的存在。

「咦？鏡子裡怎麼會鬧成這樣？」

青兒疑惑地歪著頭，皓也停下來，轉頭望向旁邊。他注視的是塗著厚厚灰泥的兩扇門扉。

「差不多了吧。」

他說出預言般的喃喃低語。

門扉隨即傳來「喀嚓」一聲，一道光線撕裂黑暗，倉庫門打開來。

「沒事吧？」

伴隨著門扉吱軋聲響出現的是紅子。她的身影和昨天在獅堂家門口離別時一模一樣，用那雙只能看到黑眼珠的眼睛望著皓。

「嗯，我好得很。這次真是辛苦妳了。雖然可以睡在車上，但是身為魚要在外面露宿還是不好受吧？」

「沒關係，只有一個晚上。」

青兒張著嘴巴愣愣地聽著，完全不理解他們的對話。

他發現紅子的脖子上掛著一副看起來很昂貴的望遠鏡。難道她把青兒他們送到獅堂家門口之後只是假裝折返，其實像忍者一樣躲在附近監視？

不，等一下，他剛才好像聽到一句無法忽視的發言。

「呃，你說紅子是……」

「好啦，我們該走了。」

皓漠視青兒的發問，逕自走出倉庫，像演員從舞台側翼走到聚光燈下。

「雖然我沒興趣搞『名偵探叫所有人集合』那一套，但是不管有多少位偵探，名偵探如果不在場，這齣戲就唱不起來了。」

皓說完，轉頭看著青兒，露出戲謔的笑容。

「那麼，主角要上場囉。」

*

這幅光景只能用慘狀來形容。

青兒等人一到達離館，就看到在令人欲嘔的血腥味中凶猛佇立的鵺。被那五官醜陋地擠在一起的猿猴用利牙撕裂的人，並不是獅堂家三人的任何一個。不知為何，鵺咬著牠主人棘的脖子，腳踩著他的身體。

「這……」

銳利的虎爪深深陷入棘的胸口。可能是折斷的肋骨刺進了肺，棘吐出一口暗紅色的血。如果他是人類，想必早已斃命。

「這……怎麼會這樣……」

他呻吟時，血泡還從他的口中溢出。

此時皓拍一下手，正在蹂躪棘的鵺如同蠟燭熄滅似地突然消失了。

「你還不懂嗎？」

皓跪坐在榻榻米上，望著棘說道，嘴唇浮現淺笑。

「凶手確實是風見男，但你沒有完全揭發他的罪行。如果你說出的罪狀有瑕疵，你判定的懲罰就會回到自己身上。」

「怎、怎麼會？我哪裡錯了？」

「我現在就來說明吧。」

皓倏地起身，視線如箭一般射向獅堂家的人們。

在千鈞一髮之際撿回一條命的風見男已經嚇得腳軟，不停發抖，坐在旁邊的鶴子夫人抱著昏過去的凜子，像是在保護她。所幸古橋也昏倒了，才沒有看到這幅地獄景象。

「你們還記得清白小姐兩年前在臨死時唱的童謠嗎？」

說完這句話，皓就唱起一段悠然的旋律，和他之前唱給古橋聽的那首一樣。

牡丹花下唐獅子。

竹林深處斑斕虎。

虎踏腳下和藤內。

內藤家徽是垂藤。

引人鄉愁的懷舊節奏，聽起來還是很寂寥。

「這是從幕末到明治年間流行的手球歌。清白小姐跟奶奶學過幾首手球歌，這就是其中一首。她唱這首歌要表達的是……」

皓的視線投向書桌上的筆筒。不，正確說來，應該是畫在筆筒上的竹林和老虎。

「曉希人先生送給清白小姐的是『牡丹和唐獅子』，而清白小姐回贈的是『竹林和老虎』，兩者都出現在這首手球歌的歌詞裡。清白小姐寄託在這首歌中的是……」

皓邊說，邊從懷中掏出七寶燒製成的鑰匙圈。

他「啪」一聲打開蓋子，拿出裡面的紙片攤開，上面有鋼筆寫的字。圓滑柔媚的筆跡看似出自年輕女性之手，字裡行間處處是顫抖的痕跡，透露書寫者的驚慌。

「沒錯，清白小姐確實留下一封信。她知道自己必死無疑，所以把信放進這個鑰匙圈，藏在筆筒裡，然後在臨死前用這首歌暗示了信的所在之處。她相信曉希人先生一定會發現。」

他輕撫著那張紙片，像在撫摸虎鶇屍骸時一樣輕柔。

「曉希人先生想必是在療養中心裡領悟了那首歌的意義，所以他回到家裡的第一件事就是打開離館，然後找到了這封信。這就是整件事的開端。」

皓淡淡地讀起那封信。

當你看到這封信的時候，想必我已經不在世上。

信件以這句話開頭。

先前，凜子小姐悄悄對我說「老虎發現了喔」。其實你要出門的時候，我看到凜子小姐的外套袖口裡放著一張折起的信箋。我想那一定是告密信吧。

我已經做好心理準備，等你今晚回來以後就要對你說出一切。但是，我怕還來不及解釋就要死了，所以留下這封信。

從信中的敘述來看，悲劇是始於三毛子那隻貓。因為飼主長期怠於照料，那隻貓變得病懨懨的，清白有時會去照顧牠，因此和那隻貓名義上的飼主風見男有了往來，後來他竟然向她表明愛意。

在那之後，清白一直刻意躲著風見男，但他藉口說「貓的情況很糟糕，請妳去看看牠」，把她找了出去，並且對她霸王硬上弓，還藉此威脅清白繼續和他維持這種關係。如果讓生起氣來不顧一切的曉希人知道了，一定會演變成不可挽回的嚴重事態，所以清白對誰也不敢說，只能一個人默默煩惱，最後還懷了孩子。

我唯一希望的是你能一直好好地活下去。請你一定要過得幸福。在我小時候，你送給我的櫻花花苞如夢似幻地盛開了。謝謝你，我過得非常幸福。所以就算你最後殺死我，也請你一定要過得幸福。

顫抖的字跡如此寫著。

「我和凜堂棘，以及獅堂家的各位，全都誤解了那件外衣的意義。那不是代表『恩將仇報的背叛者』，而是曉希人先生的心靈綠洲。」

皓轉頭望向衣架，望向安憩在牡丹夜露下的唐獅子。

「憤怒、空虛、絕望……對曉希人先生而言，這些無法壓抑的激烈感情才是『獅子身上的蟲子』。唯一能讓他這隻暴躁的獅子感到安心的只有清白小姐。這才是那件衣服真正的含意。」

皓接著望向筆筒上的畫——棲息在竹林裡的老虎。

「清白小姐回贈的禮物也一樣。老虎在竹林裡就能躲開大象這個天敵，所以人們自古以來把竹林視為老虎的安居之所，這也代表著曉希人先生的安居之所。」

說到這裡，皓低頭看著倒在地上掙扎的棘。

「你明白了吧？案件是起於人心，所以要制裁別人的罪一定要先明白他的心，但你自以為是地妄下定論，所以才會落得這種下場。」

說完，皓淺淺地笑了。

那不祥的笑容就像絕美卻令人畏懼的鬼神。

「我建議你，下次要虛張聲勢的時候，最好先看清楚對手是誰。不過我想應該很難吧，畢竟自古就流傳著『越弱的狗吠叫得越兇』這種說法。」

這一瞬間，棘痛苦的表情頓時扭曲得令人心驚，狂暴的金色雙眼用詛咒的眼神瞪著皓。

「我要殺了你。」

他這句話裡帶著令人膽戰的血腥味。

「悉聽尊便。我會等著你。」

皓不以為意地說完，用一副懶得多談的態度轉過身去，面向獅堂家的幾個人，漆黑的雙眼緊盯著風見男。

「說什麼報仇，真讓人聽不下去。你只是為了自保，就親手殺死被你強暴而懷孕的女人。」

「啊、啊……」

風見男喘氣般地呻吟，說不出一句話。

皓盯著這個該下地獄的罪人，往前踏出一步。

「『獄』這個字的寫法是犬加上言，意思是禽獸不如的人該去的地方。這麼說來，這裡確實跟地獄沒兩樣。」

他又向前走了一步。

「猿行淫，蛇教唆，虎吃人，狸設計，你們四人加起來就是名為鵺的怪物。」

白皙的鬼臉笑著。

緊接著……

沙沙，紙鈔漫天飛舞。抱著愛女、像野獸般齜牙咧嘴的鶴子夫人，抓起成疊的紙鈔丟向皓。

「別過來，你這怪物！」

她以裂帛之聲叫道，臉上充滿母親護子時的凶狠。看到地獄的鬼逼近自己的繼子，她忍不住出手相助。

「母親……」

風見男嗚咽地喊道。這次鶴子夫人沒有拒絕他的叫喚。

然後……

皓的嘴唇綻放白牡丹一般的明豔笑容。

「那麼，就請你下地獄吧。」

皓拍了一下手。

「咚」的一聲，有隻貓跳到他身旁——是三毛子。

皓用白皙的手撫摸貓的背，接著貓突然變成跟獅子一樣巨大的貓妖，仰著上身發出咆哮。

不知那究竟是吼叫、是哄笑，還是痛哭。

「這叫火之車，是把罪人送往地獄的車子，據說這種妖怪是由老貓變化而成。看吧，牠就是這樣把罪人生吞活剝。」

話剛說完，火之車就如猛虎般躍起，咬住母女二人，但是一轉眼間，飛散的血肉就像煙霧一般消失，只見兩具血色盡失的屍體，彷彿蠟像倒在地上。

「咿咿咿咿咿！」

風見男發出不知是慘叫還是哭聲的聲音，連滾帶爬地逃出去。

接著……

火之車再次跳躍，如貓抓老鼠用前腳踩住風見男，令他無法動彈，然後張開獅子般的血盆大口撕下他掙扎的雙腳。

尖叫。

臨終哀號般的慘叫一下子變成痛苦的呻吟。仔細一看，原本被火之車咬斷的雙腳依然完好無缺地連在他身上。

但是——

「救、救救我……我、我的腳……」

風見男的和服下襬凌亂地掀起，底下露出的兩隻腳漸漸變成紫黑色，接著皮膚裂開、流出膿血，成群的蛆蟲從肉裡爬出。

「咿咿咿！」

驚慌失措的風見男死命用雙手撥掉蛆蟲，但是無論他怎麼撥，那些蛆蟲依然繼續啃食他的腳。

眼看他就要被蛆蟲活活吞噬了。

「嗚……」

青兒感到一陣反胃，跪倒在地吐出了胃酸。

——這是地獄。

這裡確實成為地獄。

求救的呼聲逐漸轉變成絕望的啜泣，最後聲音停歇，掙扎的軀體從房間裡消失，只留下一灘黑血。

凜堂棘不知何時也消失了。

兩隻妖怪的單挑已經落幕，留下的只有皓這位贏家。

皓佇立在充滿血腥味和屍臭的地獄鬼哭聲中，看起來如同他的名字一般潔白。最後，他露出菩薩般的平靜笑容。

「好，我們回去吧，青兒。」

青兒沒有握住皓伸出的手，也沒有將其揮開。緊繃到極點的他，終於昏了過去。

就這樣，鵺鳴叫的夜晚結束了。

*

她作夢了，夢見六歲左右的事。

當時失業又酗酒的父親牽著她去獅堂家借錢。父親之所以要帶她去，大概是想利用孩子博取同情，若是對方不肯借，她鐵定會因為派不上用場而挨打。

那時是春天。

她被丟在一間客廳裡，縮著身子等待父親時，突然很想去找母親。溫柔的母親在她還在上幼稚園的時候就因車禍而過世，父親也是從那陣子開始終日飲酒。

——啊啊，對了，只要死了就能跟媽媽在一起。

她邊想著，邊恍惚地走過烏黑光亮的木板走廊，朝大門而去。到了屋外或許能神不知鬼不覺地從橋上跳進河裡。

但是……

「妳是椋橋的女兒嗎？」

聽到這個聲音，她轉頭一看，發現是個身材高大的青年。他柔和的面容還帶著幾分稚氣，但沉穩的舉止顯得很老成。

「庭院裡的櫻花開了，妳要不要去看看？」

她向溫柔笑著的青年點點頭，握住他伸出的手。

仔細想想，他就是在那時把她從死亡的邊緣拉回來。

後來青年帶她走到盛開的櫻花樹前。

他折下一小截樹枝，輕輕捧到她面前。

「櫻花不是一到春天就會開花喔，如果沒有冬天寒冷的淬鍊，它就開不出花朵。冬天越是寒冷，櫻花就會開得越漂亮。就像這樣。」

她垂著眼簾聽著他如教導一般的聲音。

不知為何，她的指尖顫抖個不停。明明不覺得冷，卻感到徹骨之寒。或許她是到了此時才意識到自己打算尋死。

青年發現她在顫抖，就用力握住她的手。

「別擔心，像妳這樣的孩子一定能過得幸福。所以妳要相信這個世界，直到那一天到來。」

握住她的那隻大手很溫暖。像櫻花綻放的春天一樣溫暖。

她咬緊的牙關發出嗚咽，然後哭了起來。在她哭完之前，青年一直靜靜地站在旁邊，鼓勵似地握緊她的手。

在那之後，父親在獅堂家經營的工廠得到一份工作，他們家的生活逐漸好轉。後來她才知道，這都是因為當時還是高中生的獅堂家長男幫忙說情。

她也得知了喜歡古董、因個性穩重而被朋友們笑稱是「老人家」的那位青年，名叫獅堂曉希人。

之後，他遭遇嚴重的意外性格迥變，變得像一隻狂暴的野獸。嫁進獅堂家的她只不過是抵押給債主的人質。

但是……

或許別人會嘲笑她對那段已經沒有人記得的童年記憶仍然念念不忘，即使如此，她現在還是這麼想。

——只要能夠待在那個人身邊，就算變成鬼我也心甘情願。

然後……

清白似乎聽到有人在叫她，便醒了過來。

這是個沉靜的夜晚。離館孤零零地佇立在黑暗中，除此之外的一切彷彿都消失了。

「……抱歉，清白。」

聲音是從近處傳來的。

那人撫摸著她骨折的、被繃帶包著的手指，壓低聲音哭泣。

那是她的丈夫——曉希人。

他像是從體內深處擠出聲音，不斷道歉，同時摸著被他的暴力摧殘的受傷手指。

「抱歉，我沒有讓妳過得幸福。我真該下地獄。」

這一瞬間，她心中的喜悅超乎言語所能形容。

他還記得呢。

——啊啊，能生在這世上真是太好了。

當她醒來時，唯一陪在她身邊的人是他，真是太好了。

能活下來真是太好了。

能為你出生、為你活著，真是太好了。

「我過得比誰都幸福。」

她由衷說道，握緊在她年幼時救過她的手，像是在回報他。

「如果你要走，就算你要去的地方是地獄，我也要跟你去，所以，請你繼續牽著我的手。」

低垂的眼眸流出熱淚，滴落在交疊的手上。

如果這淚水能化為牡丹的夜露，我願一次次在他的身邊落淚，並祈求它會化為喜悅的淚水。

只要感受到這雙手的溫暖，我就能過得幸福。

——就算是在地獄。

第三怪◆以津真天，或是終章

春天到了。

為了通風而打開的窗子，吹進清爽宜人的和風。白花八角不知不覺已經開出滿樹的花朵。

如同宣告春天的到來，花苞全都綻放出鈴狀的小白花，連屋裡都充滿甜美的淡淡芳香。

（感覺有點像誰……）

青兒站在書房的窗邊，一面呆呆用指尖把玩著香菸，一面想著這件事。皓難得沒有待在書房，青兒正想趁機抽個菸，卻發現忘記帶打火機。

雖然白花八角的果實含有足以致人於死地的劇毒，因此又稱「邪惡果」，但它的香氣似乎具有驅邪的功效。真是神聖與邪惡兼具的植物。

（啊，對了。）

那白得發亮的白花讓青兒突然想到一個人的名字。

——是皓。

從結果來看，地獄的審判也是取決於鬼。青兒擔任皓的助手兼食客已經三個月，見識過不少淒慘的地獄景象，但他如今還是悠哉地生活在這間屋子裡。

獅堂家覆亡之後已過了一個月，那些充滿血腥和蛆蟲的回憶，早就被三餐的飽足感和剛烤好的蘋果派香氣驅逐一空。能夠適應這種事還真可怕，總之青兒依然過著他的日常生活。

即使一片船板之下就是地獄。

「嗯？咦？紅子？」

青兒突然發覺有人靠近，抬頭一看，和前來關窗的紅子四目相交。他似乎在不知不覺間撐著臉頰在窗邊打起瞌睡。

「非常抱歉，我並不打算吵醒你。」

紅子說話很客氣，但臉上還是像戴著面具毫無表情。她和她的主人皓一樣，都讓人摸不透。

「你要抽菸嗎？」

「呃，啊，是的。」

紅子伸出手，拿走青兒握在手中的香菸。

「請換成這個。」

「謝、謝謝。」

她給他的是一根魷魚腳。

這大概是一種禁菸的對策吧。青兒自認很小心地注意空氣流通，但她好像還是很在意菸味。

更令人在意的是，難道她總是隨身攜帶魷魚乾嗎？

「如果你的健康受損，皓大人會很困擾的。」

「啊？」

「怎麼了？」

「沒有啦，只是有點意外，我以為自己完全派不上用場。」

青兒一直搞不懂，為什麼皓會需要助手。

他的左眼確實擁有照妖鏡的效用，但是憑皓的能力，就算不依靠魔鏡的能力也沒問題吧？

「你來到這裡之後，皓大人更常笑了。」

「咦？」

他真沒想到會是這個答案。

此外，他也挺高興的。因為大部分的人跟他在一起只會皺眉，這還是第一次有人會因他而開心。

說到朋友，青兒也曾有過一個朋友。

「順便請教一下，身為助手，我的表現怎麼樣？」

「助手？」

聽到青兒發問，紅子訝異地歪著腦袋。

不、不會吧……

「很抱歉，我還以為你是皓大人飼養的寵物。」

「……我可以哭嗎？」

「請便。」

紅子說完還給他一盒面紙。到底是從哪裡拿出來的？她那件和服的衣袖裡該不會有個四次元口袋吧？

此時……

「會養寵物的都是寂寞的孩子。」

紅子喃喃說道，青兒突然覺得心中一動。

仔細一想，充斥在這間屋子裡的靜謐或許和寂寞很相似。雖然偶爾有人來訪，卻看不到皓的家人或朋友，一直都只有他們兩人。

（這種生活一定很無聊吧。）

而且，很寂寞。

或許這間書房裡滿牆的書，正代表皓度過的孤獨生活有多漫長。

這時突然傳來開門聲。

「哎呀，你們兩個在說悄悄話嗎？」

皓伴隨著爽朗的笑聲走進來。應該是到了三點的下午茶時間。

然後……

「下一位客人就是你。」

「咦？」

紅子臨走前在青兒耳邊的低語，嚇得他渾身一顫，但是他回頭時，那紅黑二色的背影已經朝著廚房的方向走遠了。

「剛、剛才那句話是……」

「嗯？怎麼了？」

「呃……沒有，沒什麼。」

青兒連忙搖頭否認，坐了下來。

八成是聽錯了吧。雖然他這樣想，心中的不安卻久久無法平息。

皓不理會青兒滿臉的憂慮，很快地在桌上擺好蘋果派和茶具，喝起三點的下午茶。

「青兒，你無論吃什麼東西，看起來都很美味的樣子呢。」

「是嗎？」

「是啊，第一次見面時我就這麼想了，因為你是第一個再要一塊蘋果派的人。」

如果這是誇獎，應該是沒有惡意，但青兒無法不懷疑皓是在迂迴地嘲諷他。

「對了……」

皓放下茶杯，開口說道。

「你來這裡也快要三個月了，你對這份工作有什麼想法？」

「有什麼想法啊……如果可以辭職的話，我想要辭職。」

「回答得真快。」

「這、這個，雖然我一離開就會居無定所，也沒有工作，但我還是……」

青兒低下頭去，但他發現自己的臉映在茶杯的紅色水面上，急忙轉移目光。

「我覺得沒有人是自願成為罪人。」

那些人的下場只能說是自作自受，他們遲早都是要下地獄，差別只在於生前或是死後。

（可是……）

在此之前，青兒一直覺得變成妖怪的那些人，就像電視或電影裡的殺人魔一樣，和自己是截然不同的生物。

事實上，或許他們只是弱小的人。

就算犯了該下地獄的重罪、被認定沒有活著的價值，他們還是努力地過著各自的人生吧。

「你之所以這樣想，是因為自己也是罪人嗎？」

「咦？」

青兒愕然抬頭，看見皓一如往常的笑臉。

但他覺得室內溫度似乎瞬間驟降，一陣寒意爬上背脊，他艱澀地吞著口水。不，他根本吞不下去，彷彿有一雙看不見的手掐住他的脖子。

「好吧，青兒，那我就交代你最後一件工作。」

皓「喀」一聲將茶杯放回茶碟上，這時紅子又推著那輛推車走進來，把一樣東西放在桌上。

是鏡子。

皓把那面一塵不染的鏡子朝向青兒。

「看在你的眼中，你自己是什麼模樣？」

青兒明顯露出驚慌的神態，已經發白的臉變得更加蒼白，嘴唇顫抖不已，但出現在鏡子裡的並不是這可憐的模樣。

那是一隻跟他本人沒有半點相似之處的妖怪。

這才是青兒不敢看鏡子的理由。他怕鏡子怕到連走在街上都彎腰駝背地盯著腳尖，免得看到櫥窗玻璃。

而現在……

三個半月沒看過的鏡子裡，出現長著人臉的怪鳥。

那真是一隻醜陋的妖怪，彎曲的鳥喙裡長著鋸子般的尖齒，身上覆蓋著蛇一般的鱗片，一對爪子像刀一樣銳利。

還有泛黃而混濁的白眼珠，以及沒有焦點的黑眼珠。

那張熟悉的臉孔，不斷對青兒說著同一句話。

——直到何時。

「你要不要跟我談談呢？」

別說！腦海中有個聲音在警告他。

然而青兒還是對皓說出一切，聲音還不時可憐地顫抖。或許他一直都想把這件事說出來。

那是五個月前的事。

有一天，一位同鄉的兒時玩伴來到青兒那間不附浴室和空調、只附蟑螂的公寓。

他叫豬子石大志。

光看名字很威風，遺憾的是人不如其名，給人的第一印象是「腸胃好像很弱」。

事實上，他的確是個懦弱的人。

正是因為如此，他和懦弱的青兒非常合得來，即使各自上了不同的大學，還是經常相約見面。

不過，豬子石進入一間所謂的黑心公司以後，這種比蜘蛛絲更脆弱的友誼就斷得乾乾淨淨了——青兒本來是這麼以為的。

「嗨，好久不見，青兒。」

睽違已久的豬子石看起來非常憔悴，簡直像是變了一個人。

他的臉頰如病人般凹陷，眼白泛黃而混濁的眼睛似乎沒有焦點，若是在半夜見到他，搞不好會以為是殭屍。

「你、你是怎麼啦？看你這樣子，簡直像是從墳場爬出來的。」

「哈哈，事實也差不多是這樣吧。我已經沒在工作了。」

「咦？」

原因是黑心公司苛刻地叫他做牛做馬，最後又無情地捨棄他。

豬子石的腸胃本來就不好，進了公司半年後，吐出來的東西從胃液變成血液，後來因胃穿孔緊急住院，還被診斷出患有憂鬱症。公司毫不猶豫地開除了他，他如今只能靠著短期打工來餬口。

「這也太慘了吧。」
青兒聽了當然非常同情。
不過青兒拿得出來的只有水，所以只能端出水來。他心想，至少要招待對方一碗泡麵，去廚房翻找了一會兒，只找到一包特賣時所買的麵包卷。對青兒來說，那是未來一週的糧食。
「你一點都沒變耶。」
看到青兒煩惱的樣子，豬子石露出無奈的苦笑。
「別擔心，其實我還有臨時收入。最後一定要跟你好好地大吃一頓。」
豬子石開朗地說道，拿出被鈔票塞得厚厚的錢包。
青兒看得不禁垂涎。
「那個，你那些錢能不能借我一點？」
「啊？」
青兒坦承自己已經被開除了整整十次。
大部分的情況是被雇主一腳踢走，叫他以後不要再來，但也有四次是他忍受不了店長、前輩或客人的斥責、激勵、唾罵、教導而自行離開。

「你真的一點都沒變。」

豬子石說出這句話的聲音有些高亢而顫抖，青兒有一瞬間覺得他似乎露出憤怒和輕視的神情，但他很快又恢復笑容。

「好，我借錢給你，所以今晚就陪我痛痛快快地喝一場吧！」

兩人就這麼喝了一整晚，等到宿醉的青兒搖搖晃晃地起床時，已經看不到豬子石的身影。

矮桌上放著一張千圓鈔票，還有……

『抱歉。』

收據的背後潦草地寫著給青兒的留言。

看來豬子石捨不得借他錢，所以悄悄溜走了。

青兒做出這個結論，後來也沒有再聯絡對方，默默地恢復不是被開除就是自行辭職的打工生活。

一個半月以後。

某天突然有個光頭的大哥來到青兒打工的地方，那人穿著鮮豔的紫色襯衫、戴著閃閃發亮的金錶，一眼就能看出是個流氓。

「你是遠野青兒吧？錢沒有還清喔。」

男人一開口就是這句話，然後拿出豬子石簽下的借據。

保證人一欄寫著青兒的名字，更驚人的是上面還蓋了他的印章。青兒吃驚地找了自己放印章的地方，果然是空無一物。難道是豬子石趁他爛醉如泥、睡得不省人事的時候偷走的？

「喂，那個豬子石已經失蹤，我去了他住的破房子，什麼鬼都沒見到，所以這筆帳就得由你來還清。」

「總、總共是多少錢？」

「一、百、萬、圓。你就算付不出來也得還錢喔。」

雖然不算太誇張的天文數字，但青兒還是拿不出來，所以他下跪懇求「我一定會找到豬子石」，勉強說服對方讓他走。

青兒打電話給每一位認識豬子石的朋友，才知道他的情況有多悲慘。

豬子石因胃病和憂鬱症的雙重打擊而被開除之後，好一陣子是靠著失業補助金度日，但是補助金日漸減少，於是他便開始玩小鋼珠。

迷上賭博之後，他的面前很快就堆滿借據。

接下來他必須面臨討債公司的壓力——傳給左鄰右舍的誹謗傳真，深夜響起的門鈴聲，大量外送的比薩、壽司、蕎麥麵……

豬子石來找青兒的時候，恐怕已經決定尋死了。他準備的那些錢或許就是為了死前再奢侈一次，而青兒卻打起那筆錢的主意。

青兒不知道豬子石有過怎樣的心路歷程，能確定的是他設計讓青兒成為保證人，把欠下的債推給青兒，然後就失蹤了。

在那之後……

「我去了豬子石租的房子。大門鎖著，裡面似乎沒人在，但我覺得他可能只是假裝不在家，就進去看看。」

「喔？你是怎麼進去的？」

「我聽他說過備用鑰匙黏在瓦斯表後方，就用備鑰開門進去……」

一想起當時的事，青兒不禁全身發抖。

青兒在發霉的浴室裡發現豬子石的身影。他把臉浸在裝滿水的洗臉台裡，以跪著的姿勢溺死了。

「然後你就丟下豬子石的遺體，為了逃避討債公司而趁夜逃跑了吧？」

「嗯，就是這樣。」

青兒心虛得雙腳都在顫抖。

後來他開始以網咖為家，身上的錢快要花完時，被皓撿回來當助手兼食客。

「你朋友的屍體搞不好還沒被發現呢。」

說完，皓嘆了一口氣。

「以津真天是鳥山石燕《今昔畫圖續百鬼》裡出現過的鳥妖，出沒於建武元年。那一年因瘟疫而死了很多人，有一大堆無法火葬的屍體堆積在城郊，那股怨念就化為鳥妖，不停叫著『直到何時、直到何時』，指責著：『你們要棄置那些屍體直到何時。』」

這麼說來，豬子石也在質問他囉？質問他要丟著朋友的屍體直到何時？要逃避現實直到何時？直到何時，直到何時……

說不定那其實是青兒心裡發出的聲音，質問自己要繼續當個懦弱的人直到何時。

仔細想想，他的人生過得非常可恥。

——你能不能更有擔當一點啊？

從青兒懂事以來，他對這些批評總是充耳不聞，有時還會拗著脾氣屈膝坐著，不停逃避出現在面前的一切苦難。

逃啊、逃啊，逃個不停，然後……

「你在逢魔時刻闖進這棟屋子，我就知道你也是罪人，因為外面那塊牌子只有符合條件的罪人才看得見。」

青兒的腦海中頓時浮現「誘蛾燈」三個字。

對於徘徊在幽暗罪孽中的罪人而言，佇立在白花八角下的這間屋子彷彿是一盞明燈，即使靠近之後會被地獄烈火所焚燒。

因為沒有人堅強到可以永遠獨自徘徊在黑暗中。

「我看你的樣子就覺得你一定犯不了多嚴重的罪，沒想到比我想像的更……」

皓硬生生吞回去的那句話多半是「更沒用」吧。

即使是在這種時候，他還是一樣失禮。他等於是在說青兒既不是助手，也不是食客，只不過是一個等待審判的罪人。

「對了，你恨豬子石嗎？」

皓提出這個問題時，雙眼就像黑暗深邃、通往地獄的洞穴。如果一直盯著看，恐怕真的會頭下腳上地摔進地獄裡。

老實說，青兒很害怕。即使他已經沒有東西可以捨棄或失去，還是忍不住害怕。

但是……

「不，我不恨他。」

青兒想了一下，搖頭說道。或許別人會覺得他在說謊，但他心中真的沒有半點埋怨或憤怒。

細數過去遭受的不公待遇，追根究柢幾乎全是因為自己的過失，所以他覺得這次應該也是這樣。

豬子石一定不是基於長年的怨恨，才故意把青兒拖進負債的地獄。或許他只是希望有個人在地獄陪伴他。

說起來青兒自己也很涼薄，見到唯一的朋友死了連一滴眼淚都沒流，所以兩人算是互不相欠吧。

「青兒果然是青兒啊。」

皓像是在喃喃自語。青兒覺得他的嘴邊似乎露出一抹笑意。

「我一直覺得你的優點就是不會把自己的不幸怪罪到別人頭上。」

他又拿起茶杯。

「好啦，我調查過了，豬子石借過錢的錢莊，除了你知道的那間以外還有五間，連本帶利總共三千萬圓，差不多是你所有內臟加起來的價值。當然也包括心臟。」

皓笑嘻嘻地說道。

這麼說來，當他過著睡在網咖四處逃亡的生活時，如果被地下錢莊的大哥逮到，鐵定會當場上演解體秀。

所以他無論往哪裡走，等在前面的都是地獄，就連在便利商店抽籤也不例外。

不過……

「所以我和紅子兩個人跑遍那些錢莊，和各幫派的流氓談過了。我要用三千萬圓把你買下來。」

聽到皓爽快說出的這句話，青兒呆住了整整一分鐘。

他、他剛才說什麼？

「咦？等、等一下！這是什麼意思！」

「就是說，我已經把你欠下的三千萬圓還清了。」

「不是那件事啦！啊，那件事也包含在內！可是，剛才紅子說我就是下一位客人耶！」

「喔，是這樣嗎？」

「啊啊。那是……」

正在切第二盤蘋果派的紅子突然停下動作，抬起頭來。

她仍板著一張撲克臉，若無其事地說：

「開玩笑的。」

這一瞬間，青兒感到有些暈眩。

看起來完美無缺的紅子只有一個缺點。

那就是開玩笑的技巧差勁得嚇人。

「當然，你還是要用工作來還我這筆錢。也就是說打工只到今天為止，接下來你到死都要免費幫我工作，這就是贖罪的條件。怎麼樣啊？」

皓伸出手來，看在青兒的眼中，那像是把囚犯栓在監獄裡的鐵鍊。

啊啊，這樣啊——青兒心想。

逃啊、逃啊，逃個不停，然後……

他還是被絕對逃不過的地獄之鬼給逮住了。

「那就再來一杯茶吧。」

看到青兒伸出手來表示接受，皓邊笑著說道邊握住他的手，就像飼主在訓練狗怎麼握手。

*

在這個世上，或許真有飼養活人的鬼吧。

後記

初次見面，我是路生よる。非常感謝各位閱讀這本《地獄幽暗亦無花》。

漁民經常會說「船板之下就是地獄」，但我深深感到活在這個世上也經常會遇到「踏錯一步就是地獄」的情況。

回顧從前，我在小學時代就已經對戰爭、犯罪、殺人這些題材很感興趣。當我知道一個人面臨地獄般的絕境時會做出什麼事，童稚的心中開始思索「人究竟是怎樣的生物」。

說不定剝掉外面的汙泥，就會看見裡面藏著「閃閃發亮的東西」。如果我能相信自己的心中也有這種東西，今後便能更安心地以一個人的身分活著吧。我想到要寫這個故事之後，腦袋裡一直想著這些無形無色的汙泥和光芒。

即使船板之下就是地獄，即使每個人脫掉面具之後都是亡者或惡鬼，還是可以彼此釋出善意——人與人之間的互愛互助或許也是一種奇蹟吧。此外，鬼和人、飼主和寵物，或許也是一樣的。

如果我拙劣的文筆能多少表現出這種恐怖、可貴和寂寞就太好了。

第一集已經完結，但故事還會繼續下去。各位讀者若是喜歡這兩人的摩擦和碰撞就是我最大的幸福。後會有期。

二〇一八年四月

主要參考文獻

《日本の妖怪》（寶島社出版／小松和彥、飯倉義之監修／二〇一五年）
《妖怪・お化け雑学事典》（講談社出版／千葉幹夫著／一九九一年）
《暮しの中の妖怪たち》（文化出版局出版／岩井宏實著／一九八六年）
《百鬼解読》（講談社出版／多田克己著／一九九九年）
《妖怪図巻》（國書刊行會出版／京極夏彥文、多田克己編／二〇〇四年）
《日本の妖怪FILE》（學研 Publishing 出版／宮本幸枝編著／二〇一三年）
《図説・日本未確認生物事典》（柏美術出版／笹間良彥著／一九九四年）
《妖怪事典》（毎日新聞社出版／竹上健司著／二〇〇〇年）
《日本伝奇伝説大事典》（角川書店出版／乾克己等著／一九八六年）
《日本ミステリアス妖怪・怪奇・妖人事典》（勉誠出版／志村有弘編／二〇一一年）

《決定版　日本妖怪大全》（講談社出版／水木しげる著／二〇一四年）
《鳥山石燕　画図百鬼夜行全画集》（角川書店出版／鳥山石燕著／二〇〇五年）
《稲生モノノケ大全陰之巻》（毎日新聞社出版／東雅夫編／二〇〇三年）
《稲生物怪録　平田篤胤が解く》（角川書店出版／荒俣宏著／二〇〇三年）
《妖怪の肖像　稲生武太夫冒険絵巻》（平凡社出版／倉本四郎著／二〇〇〇年）
《稲生物怪録絵巻集成》（國書刊行會出版／杉本好伸著／二〇〇四年）
《妖怪いま甦る「稲生武太夫妖怪絵巻」の研究》（三次市教育委員會編／稲生武太夫著／一九九六年）
《稲生物怪録と妖怪の世界　みよしの妖怪絵巻》（廣島縣立歴史民俗資料館出版／植田千佳穂編／二〇〇四年）
《季刊　怪　第伍号》（角川書店出版／一九九九年）
《香川の民俗　通巻41号》（香川民俗學會出版／一九八四年）
《香川県史　第14巻　資料編　民俗》（香川縣出版／一九八五年）
《夜窓鬼談》（春風社出版／石川鴻齋著／二〇〇三年）
《ネットカフェ難民　ドキュメント「最底辺生活」》（幻冬社出版／川崎昌平著／

二〇〇七年）
《茶道具百科Ⅰ　床の間の道具　扱いと心得》（淡交社出版／淡交社編輯局編／二〇〇七年）
《ことば遊び》（中央公論社出版／鈴木棠三著／一九七五年）
《日本わらべ歌全集7》（柳原書店出版／淺野建二等監修／一九七九年）
《変死体は語る！　検死官ドッキリ事件簿》（二見書房出版／芹澤常行監修／一九九六年）
《犯罪捜査大百科》（映人社出版／長谷川公之著／二〇〇〇年）

國家圖書館出版品預行編目資料

地獄幽暗亦無花 / 路生よる作 ; HANA 譯 .
-- 初版 . -- 臺北市 : 臺灣角川 , 2019.06-
冊 ; 公分 . -- (角川輕 . 文學)

譯自 : 地獄くらやみ花もなき
ISBN 978-957-743-064-9(第 1 冊 : 平裝)

861.57 108006248

地獄幽暗亦無花 1

原著名＊地獄くらやみ花もなき

作　　者＊路生よる
插　　畫＊アオジマイコ
譯　　者＊HANA

2019 年 6 月 20 日　初版第 1 刷發行

發 行 人＊岩崎剛人
總 經 理＊楊淑媄
資深總監＊許嘉鴻
總 編 輯＊呂慧君
副 主 編＊溫佩蓉
美術設計＊邱靖婷
印　　務＊李明修（主任）、張加恩（主任）、黎宇凡、張凱棋

台灣角川

發 行 所＊台灣角川股份有限公司
地　　址＊105 台北市光復北路 11 巷 44 號 5 樓
電　　話＊（02）2747-2433
傳　　真＊（02）2747-2558
網　　址＊http://www.kadokawa.com.tw
劃撥帳戶＊台灣角川股份有限公司
劃撥帳號＊19487412
法律顧問＊有澤法律事務所
製　　版＊尚騰印刷事業有限公司
I S B N＊978-957-743-064-9